W0359079

brigitte heidebrecht

komm doch

eine geschichte vom umgang mit lust und liebe

W a s   e s   i s t

Es ist Unsinn
sagt die Vernunft
Es ist was es ist
sagt die Liebe

Es ist Unglück
sagt die Berechnung
Es ist nichts als Schmerz
sagt die Angst
Es ist aussichtslos
sagt die Einsicht
Es ist was es ist
sagt die Liebe

Es ist lächerlich
sagt der Stolz
Es ist leichtsinnig
sagt die Vorsicht
Es ist unmöglich
sagt die Erfahrung
Es ist was es ist
sagt die Liebe

Erich Fried

1. der anruf

als ich von der arbeit komme, ist hanno längst abgefahren. auf dem bett liegt ein zettel mit einem gruß von ihm. ich setz mich daneben, steck mir ein kissen in den rücken, schau aus dem fenster ins blaue. soviel sonne und helligkeit. schau hinaus und spür einen weichen kloß in meiner kehle, löse ihn auf in eine handvoll tränen. fühle mich warm und weich. fühle mich geliebt. war gut mit dir, hanno, war so gut.

klingelt das telefon.
"hab deine annonce gelesen hier in der stadtzeitung in braunschweig," sagt da jemand, "was is'n das für'n buch, das du da machen willst ?" fotos hätt er, die könnt er schicken, aber ihm wär noch nicht ganz klar, was ich suche.
"ja," sag ich, "das buch, ja..." und weiß nicht recht wie ich umschalten soll so schnell, das buch, jaja, also ein lesebuch über lust und liebe, ein lebensbejahendes buch, eins das mut macht will ich machen und überlege, wie ich ihm in der kürze erklären kann, wie ich's meine.
"hör mal du, ich bin grad mit den gedanken ganz woanders gewesen, muß erst mal umschalten," und fische nach stichworten: sinnlichkeit - mut - auseinandersetzung...

"ja...," sagt er, nachdem wir eine weile über buch und fotos geredet haben, es wär so, daß er manchmal etwas ungewöhnliche sexuelle bedürfnisse hätte, und er hätt sich gedacht, eine frau die ein buch über liebe macht... ja, ob die da wohl drauf eingehen könnte...? na, was will er nu ? denk ich, und wenn er was will, dann soll er's mal klar machen und nicht mit andeutungen rumfuchteln.
"wovon redest du denn jetzt ?" frag ich ihn.
"von mir," sagt er, und das buchprojekt sei das eine und das andere sei das andere...
na, denn sag doch schon ! denk ich, warm und weich und freundlich wie ich heut bin nach so viel verschmusten tagen, gelassen und ein bißchen verwundert über meine bereitschaft zu diesem immer länger werdenden telefongespräch mit diesem hobbyfotographen aus braunschweig, der eine ganz sympathische stimme hat. was will er denn nu ? hängt da einer am anderen ende der strippe und deutet sexuelle bedürfnisse an, und ich lieg hier auf meinem bett und bin noch ganz heiß von den letzten tagen. hätt der jetzt nicht angerufen, würd ich inzwischen längst onanieren, das hatte ich vor und hab mich drauf gefreut. und nun fragt mich der, was ich denn davon halten würd, wenn einer sich z.b. während eines telefongesprächs sexuell betätige ?
"biste grad dabei ?" frag ich zurück und spür, wie mir von ganz innen was warmes in die möse krabbelt.
"nee," sagt er, sonst könne er nicht so sach-

lich mit mir reden. aber wie ich denn auf sowas reagieren würde ?
"normalerweise knall ich den hörer auf."
"bis jetzt haste ja noch nicht aufgeknallt...," tastet er sich vor.
"nee..." warum soll ich auflegen, noch ist's mir nicht unangenehm, mit ihm zu reden, ich find's spannend eigentlich, heiß bin ich sowieso, und dieser typ hier ist mir immerhin schon fast ein bißchen 'vertraut' nach fünf minuten gespräch.
"heute ist sowieso ein irrer tag," erzähl ich ihm, "mir geht's unheimlich gut, ich bin verliebt. da bin ich ein bißchen gelassener als sonst."
wenn ich ehrlich vor mir bin, macht mich das wirklich sehr an, daß der mich hier anmachen will. warum soll ich jetzt eigentlich n i c h t meinen reißverschluß aufziehen ? brauch ich ihm ja nicht zu sagen ! und krieche mit der hand in die hose. wenn der mich hier nicht bequasseln würde, würd ich mich sowieso schon längst mit mir vergnügen. jetzt hängt der da in meinem ohr. und sagt, ich soll ihm doch mal beschreiben, wie ich ausseh.
"nö, mach ich nicht," wiegel ich ab, und um ihn zu ärgern: "also gut, ich hab 'ne rote hose an und 'nen weißen pullover -"
"ach, so doch nicht," nörgelt er zurück, und ich soll ihm lieber sagen, was ich für 'ne figur hätte und ob ich blond wär oder dunkel.
"ach immer die optik !" fauche ich ihn an, und daß ihm das ja doch nix nütze, weil er mich

doch nicht sieht. und überhaupt, was geht diesen typen eigentlich mein körper an, was hat dieser typ überhaupt mit meiner geilheit zu tun, und daß ich jetzt scharf bin, das ist doch wegen hanno ! aber hanno ist jetzt nicht hier.

ich hab mit hanno keinen orgasmus gehabt. mit hanno hab ich zweieinhalb tage lang rumgeschmust von früh bis spät, mit hanno hab ich mich wohlgefühlt wie schon ganz lang nicht mehr, mit hanno hab ich gelacht und geweint, mit hanno hab ich geredet, auch darüber, daß die zärtlichkeit und die geilheit sich irgendwie weigern, hand in hand zu gehen miteinander, daß ich viel geiler bin auf ihn wenn er weg ist als wenn er da ist, daß, wenn ich mit ihm zusammen bin, meine geilheit zwar oft um die ecke lugt, aber sich meist ganz schnell wieder verzieht, wenn ich sie näher ins auge fassen will: schwupp, ist sie wieder fort.

jetzt ist e r fort. und s i e ist wieder da. lauert unter meiner hand. und ich freu mich auf sie. ob ich's einfach mal drauf ankommen lasse mit dem hier am telefon ? aber wahrscheinlich törnt mich das sowieso ab, mit dem da zu reden dabei, wie kann ich mich genießen, wenn ich dauernd reden muß. noch dazu mit ... hm, 'so einem' ? na wieso, seine stimme ist mir jedenfalls nicht unangenehm. ich stell ihn mir vor zwischen zwanzig und dreißig, so einer mit schnäuzer oder kurzem bart, kariertes hemd und jeans. nicht gerade die sorte mann auf die ich abfahr, aber jedenfalls kein herr im grauen anzug. seine stimme hat 'ne spur von durchhängen. und verrät 'ne menge unsicherheit. frech ist er nicht. ziemlich nett eigentlich.

"ich hab übrigens meinen reißverschluß aufgemacht," sag ich ins telefon.
"ich hab meinen auch schon auf," kommt es zurück.
"wie heißt'n du eigentlich ?" fällt mir ein.
"gerd."
"ach ja stimmt, hattest du am anfang ja gesagt."
pause.
"was machst'n du jetzt ?" will er wissen.
"bin mit der hand in der hose. - hast du'n steifen ?"
"ja, hab ich."
dumme frage, hätt ich mir denken können. aber scharf, sowas zu fragen. so kenn ich mich noch gar nicht. gleichzeitig erschrecke ich vor meiner courage. hanno ?! hanno, was hälst du davon, daß ich hier liege mit diesem kerl an der strippe ? 'betrüge' ich dich jetzt ? quatsch. meine geilheit gehört m i r , niemandem sonst. da kann ich mit machen was ich will ! ich nehm dir nix weg, du wirst noch genug von mir kriegen. aber w i l l ich überhaupt mit dem hier ? will ich nicht viel lieber mit d i r ? klar, schon - aber das ist noch ein weiter weg von meiner geilheit und deiner geilheit zu unserer geilheit. das hier ist einfacher. die entfernung macht das, was sonst das vertrauen

machen muß: nimmt die hemmung weg.

ich schieb mir die hose über die knie, mache mich breit. ich soll mich doch'n bißchen ausziehen, rät er mir gerade, wär doch so eng mit hose, er selbst hätt's gern wenn die klamotten nur noch um die knöchel hängen, daß man die knie weit auseinander machen kann.
"hab ich schon," sag ich.
"streichelst du jetzt deine muschi ? wie machst 'n das ?"
"mit dem finger an der klitoris," gebe ich auskunft. "wo bist du eigentlich ?" will ich wissen, damit ich ihn mir besser vorstellen kann.
"in meinem zimmer."
"sitzt du oder liegst du ?"
er liege auf seinem bett, sagt er, und er wär nackt von den knien bis zur brust, und mittendrin sein steifer schwanz, sagt er, und er reibe seine eichel.
"schnell oder langsam ?"
"jetzt mach ich's schnell."
mir gefällt's. ja wirklich, mir gefällt's. ich lache laut ins telefon:
"is schon 'n bißchen ungewohnt für mich, weißte!"
aber logo, das mir das gefällt. ich denk an meine vielen fantasien von wichsenden männern. wenn ich reinguck in meine onanierfantasienkiste, dann sind da 'ne menge wichsende männer drin. viel mehr als bumsende. weiß auch nicht, warum ich mich dauernd an solche bilder halte, der exhibitionist aus meinen kinderjahren kann doch auch nicht allein schuld dran sein. manch-

mal, wenn ich mich bewußt umschau in meiner fantasienkiste, dann kotzt es mich ziemlich an, daß da so viele männer mit ihren verdammten schwänzen drin herumspuken. daß ich die nicht endlich mal rausschmeiße aus meinem kopf ! in zeiten, wo ich in eine frau verliebt bin, reduzieren sie sich sehr, kommen aber irgendwann immer wieder aus den ecken gekrochen. die vorstellung einer möse macht mich viel seltener geil als diese ewigen erigierten schwänze. auch nicht das bild meiner eigenen. das wurmt mich, daß ich auf dem weg zu meiner lust so viele fremde, ausgeliehene bilder brauche. mit meinem selbstbewußtsein als frau krieg ich das nicht unter einen hut.

er quängelt wieder, wie ich aussehe. "kann dir doch egal sein," sag ich, "dick und häßlich und mit 'ner krummen nase." von mir erfährt er nix. ach du liebe zeit, er weiß ja meinen nachnamen und meine adresse, geht's mir plötzlich durch den kopf. wenn der das irgendwo rumerzählt ! 'ich hab mal mit d e r am telefon...!' du liebe güte, ich hab angst, erwischt zu werden. so'n quatsch. wem soll er das schon erzählen. und wenn er's in die zeitung schreibt?! kleine horrorvision mittenmang: wenn das meine leser erfahren ! wie, d i e macht s o - w a s ?!! was'n quatsch, der wird sich hüten, seine leidenschaft publik zu machen. alles hirngespinste. immerhin wird mir schlagartig bewußt, daß ich offensichtlich in meinem hinterkopf so etwas wie das bewußtsein meines 'guten rufes' hüte. ich will nicht 'pervers' sein. oder zumindest soll es niemand wissen.

was ich grad mache, will er wissen, und wo ich meine hand habe.
"hinter'm kopf hab ich die hand, und überhaupt überleg ich grad, ob ich dies gespräch nicht vielleicht lieber jetzt beende."
"i c h find's geil," sagt er.
"ich auch. aber..." ich versuche ihm zu erklären, daß ich's in meinem kopf nicht klar kriege, was ich davon halten soll, was ich hier mache. frage ihn aus, ob er das eigentlich oft mache und mit wem. er fände selten eine frau, die sich drauf einließe, sagt er. aber manchmal hätte er eben unheimlich bock drauf.
"das übliche bumsritual reicht mir nicht," sagt er, "ich will auch meine fantasien ausleben."

verdammt, warum soll ich eigentlich jetzt auflegen ! ich find's so schon aufregender als ganz allein. und es sieht mich ja keiner hier. meine hand wandert wieder zwischen die beine, nimmt das lustrubbeln wieder auf.

er wäre jetzt gern bei mir, sagt er, und er möchte mir erzählen, was er sich vorstellt, mit mir zu machen.
"hm," zögere ich.
"du sitzt auf einem sofa," fängt er an.
"stimmt nicht," unterbreche ich, "ich liege auf'm bett."
"ist doch egal !" murrt er, "ich stell mir das

jetzt so vor ! du sitzt da, du hast einen rock an - (stimmt wieder nicht ! protestiere ich im stillen) - den rock hast du hochgeschlagen, mit der rechten hand ziehst du deine schamlippen auseinander und mit der linken hand streichelst du dich."
"in der linken hand hab ich den telefonhörer !" fahre ich ihm dazwischen. mir paßt das nicht. was ist mit m i r , wenn er sich mit 'ner berockten frau auf'm sofa vergnügt ?!
"sei doch nicht so realistisch," versucht er zu beschwichtigen und macht ein neues angebot: "gibt's irgendwelche wörter, auf die du abfährst, die dich geil machen ?"
"wörter ?" ich überlege. "nee, keine bestimmten. ich glaub, mich kann das banalste wort anmachen, das kommt auf den zusammenhang an, auf die situation, wer's wann wie zu mir sagt."

wörter, die mich anmachen ? ich denke an hanno. "ich kenn dich noch nicht sehr gut, aber ich weiß, daß es dich gibt," hat er vor einer woche gesagt und hat mich angeschaut. und ich hab geweint, ganz plötzlich. meine tränen auf seiner wange. und hundert küsse drauf. mindestens hundert. wörter, die mich anmachen ? die letzten zweieinhalb tage verbracht mit schmusen und reden und reden und schmusen, zwischendurch schnell zur arbeit und wieder zurück zu ihm ins bett, kaum zeit, was zu essen zu machen, so viel gab's zu sagen zwischen uns, zu lachen, zu spüren. dann in der dritten nacht: wie er sagt, jetzt möcht er gern in mich hinein, und wir uns sachte, ganz sachte ineinanderschieben, stückchen für stückchen, immer nur so weit wie's nicht wehtut, sein großer pimmel in meine enge möse, die an sowas kaum mehr gewöhnt ist, seit ich mich lieber in frauen verliebe. und wie wir dann so ineinander und ganz ruhig beieinander liegen und lang miteinander reden, und wie er sagt: "das ist ein richtiger teeny-start, wie wir miteinander umgehen, so wie ich's mir immer vorgestellt hab früher und wie's bis heute nie war," da hab ich geweint, wie er das gesagt hat: 'teeny-start', denn ich hab mir das nicht einmal so v o r s t e l l e n können als ich ein teeny war, und daß ein mann und eine frau soo sanft, soo behutsam und soo genau miteinander umgehen können, das hab ich mit meinen dreißig jahren bis gestern nicht gewußt.

wörter, die mich anmachen ? geil war ich auch in diesen letzten drei tagen, ja, schon, aber das ist wie eine lampe mit wackelkontakt. meine möse ist nicht gut angewachsen an meinen körper, hab ich zu hanno gesagt. schmale straßen führen da hinunter zu meiner lust, mit vielen ampeln, und wenn ich jemanden mitnehmen will auf meinem weg dorthin, dann schalten sie immer wieder auf rot. wir haben zeit, beschließen wir, ganz viel zeit, soviel wir wollen. und es geht nicht ums 'bumsen'. endlich einmal geht es nicht ums bumsen. "ich habe zum ersten mal das gefühl," sagt hanno, "daß ich so zärtlich sein kann wie ich mich wirklich fühle und darin verstanden werde." so ein satz von einem mann, ich kann's fast nicht glauben. daß es möglich ist, sich tagelang so in zärtlichkeit zu suhlen, und das mit einem mann, das kann fast nicht wahr sein.

und zwischendurch immer wieder diese momente, wo die erregung zunimmt. geilheit ist doch eigentlich ganz starke zärtlichkeit, sagt hanno. so hätt ich's auch gern, ja. aber so isses nich. im ansatz, ja. aber ich bleib immer wieder stecken. plötzlich geil und dann wieder nicht mehr. nie lange, beinah nie richtig klar und stark, so wie wenn ich's mit mir alleine treibe. meist weiß ich nicht, warum ich stecken bleibe. manchmal weiß ich es. vorgestern nacht, da haben wir einmal sehr heftig miteinander herumgeschnauft. da ging's mir plötzlich durch den kopf: das ist jetzt so, wie du's von männern kennst, so fangen sie an zu schnaufen und anschließend wollen sie zur sache kommen und dann bumsen sie sich an dir vorbei. da hab ich mich elend gefühlt und verwirrt. der hanno ist doch nicht so, was willste denn nu bloß ? hab ich mich gefragt und wußte eine zeitlang erstmal garnix mehr, hab geheult und mich in den arm nehmen lassen. haben geredet. ich bin kein bumser, hat hanno gesagt. und er sagt's nicht mit dem bitteren beigeschmack verständnisvollen verzichts. sagt's, weil er wirklich nicht will ohne mich. vor jahren - als ich mich noch ganz selbstverständlich für heterosexuell ansah - da gab's viele, die wollten, egal wie weit ich *dabei mitkam. und ich hab mir immer diese verdammte mühe gegeben, mir wenigstens einzureden, daß ich was davon hätte.*

"weißte, ich glaub, ich muß mir ganz neue wege zur gemeinsamen geilheit suchen," sag ich und kuschel mich an hannos warmen bauch, "die alten, die üblichen, die sind so blockiert von unguten erfahrungen." "wo fängste da an zu suchen ?" fragt hanno. "in meinen fantasien," sag ich. "da, wo ich mit mir selbst allein am geilsten bin." bei dem bild vom wichsenden mann z.b.. und ich erzähl ihm von elmar: den ich vor ein paar wochen besucht hab, und wir haben geschmust und waren auch beide ein gutes stück heiß geworden, wußten aber beide nicht so recht, wie weit wir miteinander gehen wollten. da hab ich ihn gefragt, ob er schon mal um die wette onaniert hat, sagt er: nee, mit 'ner frau noch nicht, aber er würd glatt mitmachen. er ist bestimmt dreimal früher fertig als ich, hab ich gedacht im stillen als wir anfingen, aber ist egal, hab ich mir gesagt, ich will mir jetzt den inneren purzelbaum holen. hab seine bewegung gespürt dicht neben mir unter der decke. und haben uns angeschaut aus den augenwinkeln. da bin ich gekommen und hab geschrien. du hast gewonnen ! hat er gesagt, und wir haben gelacht wie die weltmeister. hätte ich nie gedacht ! wo ich doch früher beim ordnungsgemäßen bumsen immer auf der strecke geblieben bin.

ob's wörter gibt, die mich anmachen, will dieser mensch am telefon wissen. "nee, du, keine bestimmten wörter. weißte, was mich anmacht ? wenn ich das gefühl hab, daß da jemand anders ist, der zur selben zeit dasselbe erlebt wie ich - d a s macht mich an ! wenn ich mir vorstelle, wie du da jetzt liegst mit dem telefonhörer in der hand und deinem schwanz in der anderen, du bist scharf und ich bin scharf und wir t e i l e n das miteinander - d a s macht mich an."

aber die zweifel, ob das gut und richtig ist, was ich hier mache, kommen im turnus von zwei minuten wieder und wieder."ich möcht schon gern kommen," sag ich zu ihm, "aber ich weiß nicht, ob ich's so kann." ist das nicht ziemlich kaputt, so am telefon... ? na gut, aber dann b i n ich so kaputt, ganz offensichtlich ! und was würde wer über mich denken wenn... ach, darüber denk ich später nach ! jetzt bin ich hier, jetzt wichse ich, jetzt hab ich diesen gerd in der leitung, jetzt stöhn ich in die telefonmuschel und sag zu ihm: "he du, stöhn lauter, ich will dich hören !" jetzt sagt er, er könnt's kaum noch aushalten. "he du ! wart auf mich ! ich brauch noch ein bißchen zeit. lauf mir nicht davon !" jetzt hab ich keine schwierigkeiten, klipp und klar in imperativen zu reden (- hätt ich damit mal vor zehn jahren im bett angefangen). jetzt stöhn ich laut, jetzt bin ich schamlos: "he du, sei lauter !" jetzt krall ich mich in meine fantasie: "ich will dich sehen !" ruf ich ihm rüber, jetzt steige ich auf und falle runter plop-plop-plop-plop, ein guter orgasmus, rund und fest.

ich horche in den hörer: auch am anderen ende kein schnaufen mehr.
"bist du jetzt gekommen ?" fragt er.
"na, haste das nicht gehört !"
"doch, aber ich war mir nicht sicher, weil du doch vorhin gesagt hast, du wüßtest nicht ob du kannst. - was haste'n jetzt für'n gefühl ? fühlste dich gut ?"
"ja, ich fühl mich gut." braucht der jetzt 'ne bestätigung, wie gut er mich angemacht hat, oder interessiert's ihn wirklich ?

wir reden noch ein weilchen. daß er mir demnächst die fotos schicken wolle für's buch, dann könne ich ja gucken, ob ich was davon gebrauchen könne. es wären auch fotos von ihm dabei. ob ich seine telefonnummer haben wolle ? wenn ich mal bock hätte, könnte ich ihn jederzeit anrufen.
"ach nee, ich glaub nich... " aber seine nummer schreibe ich mir trotzdem auf. vielleicht will ich ihm ja später nochmal was sagen.
"ich wünsch dir noch'n schönen tag," sagt er.
"ja, ich dir auch. tschüß."

aufgelegt. ich sitz da und lache. sowas ! bin ich nun 'ne telefonwichserin ? bin ich 'per-

vers' ? ich fühl mich gut. he hanno, das muß ich dir erzählen ! sowas verrücktes...

ich steh auf und schmier mir ein brot. draußen scheint immer noch die sonne. ich fühl mich gut, wirr im kopf, aber gut.

ich hol die milch aus dem kühlschrank und gieß mir ein glas ein. aber am telefon erzähl ich das dem hanno nicht. das ist mir zu kompliziert. wie kann ich das vermitteln, was da grad passiert ist ? wie hätte ich reagiert, wenn mir gestern jemand den ich kenne erzählt hätte, er oder sie hätte sich zu 'nem telefonwichs verführen lassen ? hätte ich nicht ziemlich laut 'ih !' geschrien in meinem kopf ?

das is'n ding mit den normen... mir trudelt da jetzt einiges im kopf herum... wieso wär's eigentlich weniger 'schlimm', ich wär mit dem typen ins bett gegangen ? und wie ist das eigentlich mit exhibitionisten - ist doch bloß 'ne stufe weiter, oder ?... immerhin hat dieser gerd 'ne lange einleitung gemacht. ist nicht mit der tür ins haus gefallen. telefon klingelt, du hebst ab: "na du süße kleine votze !" so einen hatte ich vor einiger zeit mal am apparat. da war ich wütend, hab ihn angeschrien er solle sein maul halten und hab den hörer hingeknallt. dieser gerd aus braunschweig war immerhin freundlich. kommt ja immer drauf an, w i e einer was macht.

is so'n ding mit den normen... in meinem kopf trudelt's immer noch tüchtig.früher im sozialkundeunterricht hab ich gelernt: es gibt mußnormen, die man unbedingt einhalten soll (z.b. heterosexuell sein) und soll-normen, deren übertretung nicht so schlimm ist (z.b. alle zwei wochen die bettwäsche wechseln). und in meinem alternativen kopf, seh ich jetzt, da gibt's solche, die zu übertreten sehr o.k. ist (z.b. bücher klauen, gras rauchen, häuser besetzen, homosexuell sein) und solche, die zu übertreten nicht o.k. ist. z.b. liebe machen mit kindern. oder tuntig sein. oder wichsen am telefon. wenn's schon um's aufbrechen von normen geht, wer will mir dann eigentlich vorschreiben, welche normen ich zu brechen habe und welche nicht ?! ich beiße in mein. butterbrot und schaue aus dem fenster in den immernoch strahlend blauen himmel. hab ich einen 'ruf' zu verlieren ? immer wieder diese dumme fantasie, der gerd könnte mich irgendwo verpetzen. am besten mach ich's gleich selber: ich werde eine geschichte darüber schreiben ! morgen ist freitag, am wochenende hab ich zeit. ich schreibe eine geschichte. das mach ich !

2. der besuch

"morgen mittag fahren wir nach hannover," erzählen ingrid und jochen beim abendessen. hannover ? plötzlich klingelt's in meinem kopf: hannover ist nicht weit von braunschweig, und in braunschweig wohnt gerd. morgen könnte ich mir frei nehmen, übermorgen ist feiertag. wenn ich jetzt einfach mitfahren würde... ?

unsere fern-gespräche sind häufiger geworden, unsere fern-liebe hat sich wiederholt, wir haben viel miteinander geredet, und dann tauchte irgendwann der gedanke auf: wie wär's, wenn wir uns mal sehen würden ? "neugierig wär ich schon," hab ich gesagt, "aber braunschweig ist weit weg."

plötzlich ist braunschweig nah. soll ich nun oder soll ich nicht ? zeit hab ich wirklich, es läuft hier nicht viel im moment. das wär ja mal ein richtiges abenteuer. ich renne durch die wohnung, hin und her, ach du liebe zeit, soll ich wirklich ?!?... tausend wenn's und aber's schießen mir durch's hirn. was, wenn er mich vergewaltigt ?! unwahrscheinlich, aber doch nicht auszuschließen. was, wenn er sich ganz fürchterlich in mich verliebt ? auch nicht auszuschließen, und auch 'ne katastrophe. nach dem, was ich über ihn weiß, würde das nie gut *gehen. worauf lasse ich mich da ein ?? bis jetzt hat e r immer angerufen - dies wäre der erste selbständige schritt von meiner seite. wieviel verantwortung nehme ich auf mich für das, was ich an wünschen und gefühlen möglicherweise auslöse bei ihm ? ist er ein kuriosum für mich, das ich mir mal aus der nähe begucken will aus lauter abenteuerlust ? wie weit bin ich wirklich bereit, mich auf ihn einzulassen ? und wie weit trau ich ihm ? am telefon kann ich jederzeit auflegen - wie ist das, wenn ich plötzlich in seiner wohnung bin ? wie geht er dann mit mir um ? oder was, wenn er mir auf den ersten blick zuwider ist ? ingrid und jochen fahren erst am nächsten abend zurück. dann hocke ich da in hannover rum.*

ich laufe durch die wohnung, von einem zimmer ins andere. "ich überleg mir's noch, ob ich mitfahr," sag ich zu jochen. ich überlege hin und her und her und hin. habe hundertfünfzig bilder zur auswahl: so kann es werden oder so oder so...

ich kann ihn ja mal fragen, was e r davon hält. ich rufe ihn an.
"hey gerd, ich hätte da 'ne mitfahrgelegenheit... "
"ja toll !" sagt er.
"du, mir kommen da 'ne menge ängste - ich denk z.b., was ist, wenn du irgendwie fies mit mir umgehst... ?"
"nee, kann ich gar nicht," sagt er, und wie

ich seine stimme höre, glaub ich's ihm.
"und denn hab ich auch das gefühl, daß ich dich vielleicht nur benutze als so'n abenteuer, ich weiß nicht recht..."
"mach dir mal nicht so viele gedanken," sagt er.
ich hänge mitten drin zwischen ja und aber.
"soll ich denn nun kommen oder nicht ?" frage ich halb verzweifelt.
"das mußt d u wissen," kommt es zurück. hat er aber auch recht.
"also paß auf: ich komme."
"schön !" freut er sich.
"ab hannover nehme ich den zug. holst du mich vom bahnhof ab ?"
"mach ich."

nachdem ich aufgelegt habe, fällt mir auf, daß ich seit einer stunde immer nur überlegt hab: wie isses, wenn ich hinfahr ? könnte ich mir überhaupt vorstellen, n i c h t zu fahren ? nee, kann ich nicht. ich will's einfach wissen. will wissen, was ist das für'n mensch, der da am anderen ende der leitung. will wissen, wie komme ich klar in einer so ungewohnten situation. will wissen, was werd ich tun, wie werd ich sein. will mich ausprobieren.

***

zehn minuten bevor ich aus dem zug steige ein anfall von herzklopfen und feuchte hände. naja, nun mal nicht verrückt machen. ich werde *ruhiger, eine portion mulm bleibt.*

als der zug einfährt, linse ich vom gang aus auf den bahnsteig. da steht einer an einen gepäckkarren gelehnt. ein ähnliches gesicht wie auf den fotos, die er geschickt hat. das muß er sein.

ich steige aus, gehe auf ihn zu, unsicher, wie ich ihn begrüßen soll. er nimmt meine ausgestreckte hand in beide hände, ebenfalls unschlüssig, was er damit tun soll, läßt mich wieder los. wir gehen die treppe hinunter. ich guck ihn mir von der seite an, er guckt zurück, ich grinse. lieb sieht er aus. nervös ist er. ich hab ihn mir anders vorgestellt, viel cooler, gelackter. der hier sieht sehr menschlich aus. oh ja, mit dem werde ich wohl einen tag lang über die runden kommen. ich bin auf den ersten blick beruhigt.

er habe den ganzen tag vor aufregung nix essen können, erzählt er mir beim gang durch die bahnhofshalle. er kokettiert nicht mit seiner unsicherheit, erzählt einfach, wie's ist. aber nach ein paar stunden werde er sicher lockerer, verspricht er. ich lache ihn von der seite an, mensch, hab doch bloß keine angst vor mir, ich mag dich schon auf anhieb, möcht ich ihm sagen. "na, dann isses ja gut," sage ich.

wir fahren zu einer pizzeria, setzen uns an

einen tisch am fenster. tauschen blicke, grinsen uns an, erzählen uns was. er ist fahrig, raucht eine zigarette nach der anderen. er ist wirklich so schön wie auf den fotos, aber viel schmächtiger, als ich ihn mir vorgestellt habe. richtig zart sieht er aus.

er erzählt von sich. daß er noch nicht lange in braunschweig wohne, im november erst sei er hierher gezogen. vorher in berlin habe er sich sehr viel wohler gefühlt, aber er habe weg gewollt von der drogenszene. in einer kleineren stadt sei es sehr viel leichter, clean zu bleiben. daß er gefixt hat, hat er schon früher am telefon erzählt. jetzt rechne ich nach: november - ein knappes dreivierteljahr, ist ja noch gar nicht lange her, ach du je. wie er denn überhaupt aufgehört hat, will ich wissen und höre erleichtert, daß er eine therapie gemacht hat. aber abgebrochen hat er die, zurück nach berlin, wieder angefangen mit fixen, und dann schließlich umgezogen nach braunschweig. während er weiter erzählt, zieht der computer in meinem kopf die karte mit dem stichwort "fixer" hervor. darauf steht knapp notiert: leberschaden - überdosis - apothekeneinbruch - dealer - knast - therapie - hohe rückfallquote - und in klammern: oraler charakter oder sowas , klammer zu. schlechte karte, sagt der computer, mensch, paß bloß auf. das ist einer, der kommt ganz woanders her als du, und der steht auf verdammt wackligen beinen, das kannst du wohl annehmen. - na, hör ihm doch erst mal zu ! sage ich und stecke die "fixer"-karte zurück ins register, guck ihn dir erstmal an. was heißt denn schon wackelig. das find ich ganz schön stark, wie er da sitzt und mir ein bild von sich zeigt ohne zu retouchieren. wie er seine geschichte vor mir aufrollt, ohne schönheitsreparaturen daran vorzunehmen. guck ihn dir an, wie er seine unsicherheit nicht vor dir versteckt. wie er seine karten vor dir auf den tisch blättert. da sitzt einer, der will gesehen werden, wie er ist. das finde ich ganz schön stark.

vieles klingt fremd von dem, was er erzählt. das ist kein typ aus meiner szene, kein alternativling, kein freak, kein intellektueller - die vertrauten raster fassen nicht. das ist auch kein "normaler", nicht einmal ein "typischer fixer" ist das - die sind in der regel um zehn jahre jünger. ist all das nicht und hat von allem etwas. ist einer, dessen geschichte halb neugier und halb schrecken in mir weckt. ist einer, dessen ungeschminktheit mich warm werden läßt. ist einer, der hat einen so schönen mund, daß ich ihn dauernd anschauen könnt - ganz doll sensibel sehen diese lippen aus, und die unterlippe zieht sich ganz fein zusammen, wenn er schweigt. ist einer, dessen augen langsam nach mir tasten. und ich fange an, mich wohlzufühlen. der mulm im magen macht der pizza platz. ich schau ihn an, strecke einen arm nach ihm aus, streiche mit dem fingerrücken über seinen oberarm, fünf centimeter hoch und fünf centimeter runter und dann schnell wieder weg mit der hand. 'ist schon o.k. mit uns,' heißt das.

eine weile später kommt plötzlich seine hand zu mir herüber, landet auf meiner wange, rutscht sachte herunter und geht leis wieder fort. sein lächeln bleibt in meinen augen hängen, rieselt warm hinunter bis in meine möse. ui, hoppla, nicht so schnell. "dufte, daß es hier bei euch nicht regnet. gehen wir was spazieren ?" auf einen berg möchte ich. wo bäume sind und wo man runter gucken kann.

wir gehen einen waldweg entlang. ich hak ihn unter. komm, laß uns ein bißchen auf tuchfühlung gehen. ich freu mich, wie leicht es ist, sätze von einem hirn ins andere zu schicken. hätte mir unseren ersten abend auch viel mühsamer vorstellen können. allmählich, ganz langsam, stellt sich ein stück vertrautheit her. plötzlich macht's klick und ich erkenne seine stimme wieder, ja, es ist tatsächlich die gleiche wie am telefon. "jetzt weiß ich, daß du's wirklich bist !" ich lache und knuffe ihn in die seite. drei schritte weiter bekomme ich einen überraschungskuß auf die backe. "angekommen," sage ich.

in meiner jackentasche spüre ich etwas hartes. "guck mal hier." ich ziehe meine hand aus der tasche.
"eine murmel !"

"nee, keine murmel," sag ich, "das ist ein weltall im taschenformat ! halt's mal gegen's licht, dann siehst du, daß da auch viele kleine sterne drin sind."
eine blaue glaskugel, tief leuchtendblau wie meine sehnsucht. eigentlich hab ich sie für hanno gekauft. aber ich bin nicht sicher, ob ich sie wirklich verschenke. vielleicht behalt ich sie.

wir klettern auf einen turm. runtergucken auf die stadt kann man hier nicht, die bäume rundherum sind zu hoch gewachsen. oben auf der plattform sind die sprayer gewesen, haben in großen druckbuchstaben FREIHEIT und LIEBE draufgeschrieben.
"große worte," sag ich ein wenig spöttisch.
"und ob," sagt er plötzlich ganz ernst und deutet auf die FREIHEIT, "das ist für mich gar nicht so selbstverständlich," und erzählt wieder von der zeit, als er gefixt hat, und wieviel glück er gehabt habe, daß sie ihn nie geschnappt haben. wir gehen um den berg herum. "dort hinten liegt der hof, wo ich therapie gemacht habe," zeigt er.

die luft ist lau, nach zwei wochen kühle und regen so richtig zum aufatmen. als gerd mir voran auf einen kinderspielplatz zustürmt, bin ich begeistert. juchu, einer mit dem man rutschbahnen und schaukeln ausprobieren kann ! ich hätte ihn mir viel schlimmer erwachsen vorgestellt. ich schieße purzelbäume über'n rasen, nehme ihn an der hand, laufe mit ihm den hügel hoch.

die dämmerung trödelt mit uns den hang entlang. uns treibt es wieder in den wald. wer zuerst stehengeblieben ist, weiß ich nicht. das kribbeln in unseren augen zieht uns zueinander, stellt uns einander gegenüber. küsse geschehen den weg entlang, umarmungen werden enger. sein mund schmeckt fremd, bin den tabakgeschmack nicht gewöhnt, seine zunge ist unruhig und flink. seine augen nah. er ist schön. zwei brillenträger, immer wieder das klirren der gestelle gegeneinander.
"paß auf, daß wir uns nicht verhaken," sage ich.

noch ein kuß, mittendrin zwischen kraut und bäumen, ein ganz langer, ganz feuchter, warmer. arme, die sich kaum wieder lösen mögen. mit beschlagenen brillengläsern schaue ich auf: he du, wie schnell du mir nahe kommst in diesen paar stunden.

"ich habe doch skrupel," sage ich im weitergehen, "ich lasse mich hier so einfach auf dich ein... im grunde habe ich kaum platz für dich in meinem leben, das weiß ich von vorneherein. da sind andere menschen, da ist meine arbeit, und du bist so ganz anders als ich, und braunschweig ist sehr weit weg. ich habe angst, daß es zu schön wird," sage ich, "und ich habe angst, daß du vielleicht zu viel von mir

willst."
"ach was," sagt gerd, "wenn ich mich fallenlassen mag, dann überlege ich nicht, ob das vernünftig ist, dann laß ich mich fallen."
"das find ich gefährlich," sage ich.

den ganzen abend über habe ich immer wieder leichte kopfschmerzen. als wir im auto sitzen, merk ich's wieder.
"ich kann dich zu hause ein bißchen massieren, wenn du magst," bietet gerd an.

ich lege mich rücklings auf den teppich, schließe die augen. gerd's fingerspitzen streichen über meine stirn, wandern mit leichtem druck um die augenhöhlen. jeder weg über den unteren augenrand schwemmt mir ein wenig traurigkeit in die augen, bis sie nach einer weile überfließen. ich dreh mich auf die seite, schluchze verhalten, unschlüssig, wie weit ich zulassen will, was da ist.
"nicht runterschlucken," sagt gerd, und ich mache erleichtert die schleusen ein wenig mehr auf. he du - wie schnell ich dir nahe komme in diesen paar stunden.

"was ist denn los mit dir ?"
"ach du, ich weiß nicht... ich fühl mich so wohl bei dir... da ist so viel unruhe in meinem leben, so viele menschen, so viele orte, und manchmal bin ich überall, und manchmal bin ich nirgends. oft finde ich, ich bin sehr reich, weil ich mich auf so vieles einlassen

kann. und andererseits ist mein leben im moment sehr zerfleddert... jetzt sitz ich hier mit dir und da kommt schon wieder ein neuer mensch holterdipolter in mein leben hinein - ich weiß manchmal gar nicht, wo ich das alles lassen soll."
er hält mir ein neues tempotaschentuch hin, ich schniefe, gucke ihn an.
"naja, aber jetzt bin ich eben hier," entschließe ich mich und lege meinen kopf an seiner schulter ab.

langsam kriecht seine wärme über auf meine haut. während meine linke noch das tempotuch hält, sucht die rechte nach der wärmequelle. findet einen weg zwischen hemd und hose, schlupft hinein, findet haut und haare, rutscht bergauf, versteckt sich in der achselhöhle.

die nacht zieht eine breite spur um uns. die wärme breitet sich aus. wir werfen die textilien über bord. bauen uns ein großes bett auf dem teppich, mitten im zimmer.

***

diese nacht mit den vielen orgasmen. die ich nicht einmal mitgezählt habe - ich, die ich jahrelang so dahinter her war, überhaupt mal einen zu kriegen beim liebemachen.

unsere bäuche, die sich immer wieder betasten. die immer wieder abstand nehmen voneinander, *fläche freigeben für herumstreunende blicke. deine sorgfalt um meinen schoß, deine lust in meinen händen, und immer wieder dein gesicht, dein gesicht in meinem schoß, und dein blick in meinem während du deine lust selbst in die hand nimmst immer wieder. nie hab ich so offen in ein gesicht geschaut, das sich aufzulösen beginnt in der erregung. noch nie hab ich zugesehen, wie ein mann mit mir zusammen sich selber liebt. nur einmal andeutungsweise vor vielen jahren - damals fand ich diesen mann deshalb 'komisch', verstieß er doch gegen die goldene geschlechts-verkehrsregel vom wechselseitigen gebrauch der geschlechtsorgane. jetzt sehe ich mich satt an dir. ich verliebe mich in deine schamlosigkeit.*

du wirst heftiger. blitzschnell rutschen daumen und zeigefinger die vertraute strecke auf und ab. meine hand auf deinem bauch tastet harte anspannung. 'blockierte bauchatmung,' fällt es mir ein. ich schaue auf deine hektischer werdende hand. wilhelm reich meldet sich in meinem kopf und hebt den zeigefinger. der alte, der sich da seit bald zehn jahren eingenistet hat in meinem hinterstübchen. murmelt was von sanften und langsamen bewegungen, die einen entspannten und 'orgiastisch potenten' menschen zum höhepunkt bringen. halt die klappe, willi, und verpiß dich. nein, das hier ist nicht sanft und entspannt. und ich bin auch nicht sanft und entspannt, obwohl du mir immer wieder einreden willst, ich sollte es sein. auch ich komme meist nicht aus mit den sanften, langsamen berührungen, die du mir seit zehn jahren als 'gesund' suggerierst. ach, du magst ja sogar recht haben, aber was soll's, ich bin nicht so wie's in den schlauen büchern steht, auch ich brauche jetzt die hektik meiner hand, auch mir ist's oft nicht leicht, mich loszulassen, das ist manchmal ein langer wettlauf mit meiner lust bis ich sie einhole, das ist nicht immer sanft und locker, das ist sicherlich nicht 'optimal', aber das bin i c h , verdammt, und ich lerne jetzt endlich, das 'schön' zu finden.

deine lust braucht einen grad so langen weg wie meine, ja länger noch, ich brauche mich nicht zu beeilen, keine angst, allein zu bleiben mit meiner erregung. ganz verdutzt bin ich, wie ich dich schließlich überhole, plötzlich federleicht ankomme unter deiner zunge, noch nie ist mir das passiert, daß ich ganz geschmolzen bin in einem fremden mund. deine zunge ist noch nicht satt, krabbelt weiter herum in meinen weichen teilen, ich achte nicht mehr auf sie. mein kopf liegt auf deinem schenkel, deine erregung so nah, und während ich ganz fasziniert und hungrig bin auf deinen schwanz, komme ich plötzlich unverhofft ein zweites mal, und dann fließt dein samen lang über meine brust. ich matsche mit meiner hand darin herum, verteile ihn auf meinem bauch, glitsch und glubber, ich schau dich an und lache und denk: ich werd verrückt, wie leicht das ist, wie kann das nur so leicht sein, und wie kann das nur sein, daß ich das nicht gewußt habe.

dein lausbübisches lachen, das ich zum ersten mal entdecke in dieser nacht, das ich so gern mag, weil es dein gesicht so zugänglich macht und so jung. dein schöner mund so groß und offen. ich lache gern mit dir, bin jung und alt an deiner seite und so als wär ich lang schon da.

eine nacht ohne müdigkeit. zwischen reden und faxen immer neue expeditionen ins heiße und feuchte. immer wieder verlockend, weil so sehr ohne stress. diese große erleichterung, die es mir macht, zu sehen daß nicht i c h dich befriedigen muß. daß d u d i c h befriedigst mit mir. ich kann dich deinen eigenen händen überlassen, wann immer ich will. kann mich zurückziehen auf mich, mich konzentrieren auf m e i n e erregung, kann m i c h befriedigen, und bin doch bei dir. kann deinen körper erforschen und beruhigt wieder von dir lassen, ich sehe: du machst deine lust nicht abhängig von dem, was ich tu, du gibst dir, was du brauchst. wie eine große erlaubnis ist das, daß auch ich für m i c h da sein darf. plötzlich fällt es mir leicht, zuzugeben, daß ich's oft verdammt schwierig finde, gleichzeitig zu nehmen und zu geben, zu streicheln und gestreichelt zu werden. so schwer, mit dem bewußtsein gleichzeitig an zwei stellen zu sein. dann hüpfe ich hin und her zwischen meiner hand auf deiner haut und deiner hand auf meiner haut, bin mal hier mal dort und bleibe allzu leicht bei dir, lasse mich gar zu leicht immer wieder ablenken von meiner eigenen lust. ist so viel einfacher, zu geben als zu nehmen. deine ungenierte selbstbedienung läßt mich eingefleischte verkehrs-regeln erleichtert über bord werfen: daß alles 'harmonisch' und synchron verlaufen müsse, daß mensch nicht nehmen dürfe ohne gleich wiederzugeben, daß der eine mensch für die lust des anderen verantwortlich sei.

irgendwann bekomme ich auch einmal lust, das zu tun, was gottseidank nicht mehr 'das eigentliche' ist - lang genug hat's gedauert, diese wertung wirklich abzulegen - , irgendwann bekomme ich auch einmal lust, dich in mir zu spüren. "magst du mal reinkommen ?" frage ich. angenehm fühlt sich das an, sanftes gleiten bis ganz nach innen, angenehm und auch ein bißchen aufregend, nicht sehr, und dann hab ich genug davon und werfe dich wieder hinaus mit einem leichten dreh. setze mich vor dich hin und bringe mich wieder selber hoch. mit der anderen hand öffne ich meine venuslippen, das magst du sehen, ich weiß. wie du mir gefällst mit deinem nackten gesicht. wie du mir gefällst mit deinen augen auf mir. und dann fliegen wir jeder auf seinem eigenen besen miteinander auf und davon.

und dann schwemmt die lust wieder alte brocken los, reißt der strom an alten narben. ein diffuser schmerz bricht auf, ich wehre mich nicht und weine. du hälst mich. läßt mir zeit. erst als ich mich aufsetze um nach den tempotüchern zu suchen, fragst du: "was ist denn los ?"
"ich habe angst, mich allzu sehr in dich zu verlieben."
"aber was ist denn so schlimm daran ?"
"so genau weiß ich das auch nicht... aber... ich bin schon mal sehr in die pfanne gehauen worden dabei..."

die große wunde sebastian. ein jahr lang war ich damals völlig verschorft. sebastian, mit dem ich zum ersten mal in die liebe fiel. nicht der erste mann, oh nein. der dreißigste oder so. hatte die 'sexuelle revolution' fleißig durchgezogen. 'liebe' war kein wort für mich, war eine vokabel aus radio-schnulzen. wir sprachen von 'sexualität'. oder besser: ich las darüber. in den schlauen büchern, wo alles drin stand über orgas-muß und 'frigidität'. und dann sebastian, mit dem ich in liebe fiel.

sebastian, der mich ansah. lange und genau. ich war nicht gewohnt, gesehen zu werden. war nicht gewohnt, in fremde augen hinauszuschwimmen. gewöhnlich schwamm nur mein bett in sperma.

sebastian, der mir die augen öffnete, sebastian mein reiseführer. der mit mir auf den trip ging, weit hinaus. und ich kam an den ort in mir der liebe heißt. und plötzlich begriff ich all die großen wörter, die für mich bis dahin so unhandlich gewesen waren und unnütz wie leere pappkartons: 'liebe' und 'tod' und 'wahrheit' und 'erkennen'. und wir erkannten einander. dann ging er. es gab etwas, das er nicht sehen wollte: den haß in uns. den hielt er nicht aus. und er ging.

sebastian, den ich tief in mir begraben hatte seitdem. den ich eingesperrt hatte hinter der dreizehnten tür. ich hatte vorsichtiger geliebt seitdem und war selten jemandem begegnet, der an diesem letzten türschloß gerüttelt hätte. bis letzten winter heike kam. und mich ansah mit diesen wachen augen, in die ich mich plötzlich werfen wollte. aber ich hatte gelernt in diesen jahren und ließ die sehnsucht nur langsam zu. aber ich ließ sie zu. und wußte endlich wieder, wonach ich immer suchen würde. und dann ging heike. "solche intensität mit einer frau kann ich nicht aushalten," sagte sie, "wenn ich mich weiter darauf einlasse, werde ich verrückt."

und jetzt gerd, der mich anschaut, mir mitten ins gesicht schaut, während wir uns lieben, er sich und ich mich und wir uns. gerd, der mir von sich erzählt, ohne zu beschönigen. der seine karten vor mir auf den tisch legt. der mir seine sieben gesichter zeigt: das un-

sichere und das lachende, das zärtliche und das traurige, das verlangende und das mürrische und das, das einfach da ist und sagt: du. der meinen hunger aufreißt, der sich vor mich hinsetzt und sagt: hier. der sich nicht in acht nimmt vor mir.

***

morgens um sieben legen wir uns schlafen. irendwann am nachmittag stehen wir auf. ich rufe ingrid und jochen an: "ihr könnt ohne mich zurückfahren. ich bleibe noch und fahre dann mit dem zug."

wir wollen rausgehen ins grüne. fahren vorher zu freunden, rauchen dort einen joint. habe ich lange nicht mehr gemacht und nehme ein paar unvorsichtig tiefe züge. bis ich beinah aus den socken falle.
"du, ich schaff jetzt keinen spaziergang mehr, ich möcht so schnell wie's geht nach hause."

erst mal den weichen knien nachgeben. ich falle auf unser lager. du kommst dazu. wir kriechen unter die decke.

du sagst, daß du schon wieder ganz geil bist. und ich ? möcht schrumpfen auf's format einer vierjährigen. kuscheln und: "erzählst du mir 'ne geschichte ?"
"mir fallen jetzt nur geile geschichten ein."
"na gut, erzähl mir eine."

daß ein mann in ein zimmer kommt, erzählst du, daß in diesem zimmer eine frau ist. die sitzt da, und der mann kommt herein und sieht sie an und sagt: ich bin so geil, ich muß dir sofort meinen schwanz zeigen.

ich bin nicht sicher, ob mir die geschichte gefällt. aber immerhin eine geschichte.
"und dann - ?" frage ich und kringel mich noch kleiner zusammen.
"die fortsetzung gibt's morgen."
"och, gemein ! so eine kurze geschichte !"

da liegst du neben mir und machst die augen zu. und ich schau dich an. und hör den sprechblasen zu, die jetzt leise platzen in meinem kopf. aus denen wörter fallen, zarte, bunt schillernde wörter und eckige, schwere. die purzeln in meinen brust-korb, sammeln sich an in einer kuhle unterhalb des herzens. all meine energie brauch ich jetzt dort oben in meinem ober-leib, nichts mehr übrig für bauch und beine. in einer ecke irgendwo im hinterkopf sitzt der zensor und schaut zu, wie ich sätze siebe aus dem wörterbrei. kitschig, sagt er mißbilligend. paß auf, was du da machst. ein paar stunden später, wenn du wieder nüchtern bist, wirst du das kitschig finden. ich fädle wörter auf schnüre und lasse sie fliegen. 'liebe' finde ich, und 'angst' und 'tod'. und fädle daraus ein 'du-bist-so-fremd' und 'ich-habe-angst-dich-zu-lieben' und 'ich-liebe-dich-schon'. guck dir an, wer das ist, sagt der zensor. einer der gefixt hat. ein kaputter typ. was glaubst du, wie weit du mit ihm kommst. nimm ihn nicht so wichtig, sagt der zensor, der macht dir nur schwierigkeiten. 'zu spät,' kullert es aus einer neu aufplatzenden blase, 'es ist schon geschehen.' der macht nur schwierigkeiten, sagt der zensor, der zieht dich rein in seinen brassel. der wird dich enttäuschen. 'aber ich habe seine augen gesehen. ich liebe ihn, weil er sterblich ist,' gebe ich ruhig zurück. kitschig, sagt der zensor.

da liegst du neben mir und machst deine augen wieder auf. legst deinen arm um mich, deine hand auf meine brust. ich stolpere herum in meinem herzen. und beginne, dich zu suchen.
"he, wo bist'n du grad ? wonach is'n dir zumute ?"
du lachst mich an, deine augen tanzen mir davon.
"he, sag, du hast doch was vor ?"
"woher weißt du das denn ?"
"ich seh's in deinen augen. nun sag !"
du traust dich nicht, du windest dich. nun komm, trau dich. wie soll ich dich finden, wenn du nicht sagst, wo du bist. ich setze meine fragen an auf deine spur.
"ist es was geiles ?"
"na klar."
ich bin überhaupt nicht geil, nach wie vor. aber ich möcht dich finden. und vielleicht werd ich ja geil dabei. wir spielen katz und maus. ich fange die scham in deinen augenwin-

keln. komm, was willst du, sag !
"was ist denn das risiko, es zu sagen ?"
du überlegst.
"das risiko ist eigentlich nur, daß du im moment vielleicht überhaupt nicht auf sowas stehst."
"das kann gut sein."
also, vom emotionalen her sei's ja schon sehr intensiv zwischen uns, sagst du dann, aber von der geilheit her könnte man's vielleicht noch ein bißchen steigern...
"wie denn ?"
"indem man... geile wörter dabei sagt."
"was denn zum beispiel ?"
"na, geile wörter eben... votze oder... was weiß ich, was du geil findest."
"hm..."
was weiß ich, was ich geil finde. im moment garnix. es hat keinen sinn, ich merk's. schuß in den ofen. ich muß plötzlich gähnen.
"jetzt wirst du müde, was ? wie geht's d i r denn überhaupt ? wir reden die ganze zeit von mir. sag du mal, was d u willst."
"ich bin grad woanders als du. du bist da - ," ich lege die hand auf seinen schwanz, "und ich bin mehr da - ," und streiche mit der handfläche über seinen rippenbogen.
"wieso, was is'n da ?"
jetzt bin ich es, die sich windet. warum ist das so schwer zu sagen ?
"da... sitzt das herz."
"ja... und ?"
"ich hab angst vor'm lieben," sag ich.

ja, das kennst du schon.
"was ist bloß so gefährlich daran ?" fragst du wieder.
"ach, ich weiß auch nicht... "

würdest du's überhaupt verstehen wollen, wenn ich's dir sagen könnte ? das macht mich skeptisch, daß du immer so fragst, als gäb's dabei keine gefahr. und ich frag mich im stillen, sitzen wir denn jetzt schon wieder der mann/frau-konditionierung auf ? wenn der gefühlspegel steigt, schwillt dem mann der schwanz und der frau geht das herz über - ist es das ? ist es unser eingefleischtes maskulin/feminines strickmuster, das heute nachmittag den faden zwischen uns reißen läßt ? oder ist es eben nur grad heute nachmittag mal so, daß wir uns nicht finden ? ach, ich mag's gut sein lassen. es ist wie's ist und ich werde jetzt endgültig müde.
"ich möcht schlafen, du."
ich dreh mich auf die seite, kuschel mich in die decke, schlafe ein mit deiner wärme im rücken.

***

am späten abend wachen wir auf, hungrig. wir setzen uns ins auto und fahren zum jugoslawen.

du hast kopfschmerzen, du holst zigaretten, du schimpfst über das essen. durch dein ge-

sicht zieht eine leise spur von schmerz. die unterlippe hälst du zusammengezurrt. du schaust mich an.
"ich bin traurig," sagst du, "eine ganze zeit schon."
"daß ich abfahr ?"
"ja, morgen früh bist du weg... - komm, laß uns nach hause fahren."

***

"du - "
"ja ?"
"ich mag deine traurigkeit mit dir teilen, wenn du's willst."
du schüttelst den kopf.
"das geht nicht so leicht." ein halbes jahr mindestens, sagst du, ist es her, daß du geweint hast.

"bei dir wußte ich von anfang an: das ist eine frau, die hat ihre beziehungen, da ist der hanno und der elmar und was weiß ich wer noch, da hab ich mir gesagt: das ist ungefährlich, die kommt eben mal hier vorbei und weiter nix. aber da hab ich mir was vorgemacht."
daß du sehr eifersüchtig bist, wenn du dich ernstlich verliebst, sagst du. daß du nicht mehrere beziehungen zu frauen gleichzeitig haben kannst und willst. daß du mit einer frau auf dauer zusammenleben möchtest. daß es wehtut, immer wieder von vorn auf die suche zu gehen. "so jung bin ich auch nicht mehr," sagst du. morgen wirst du vierunddreißig.

ich liege auf dem bett und schau dich an. dein gesicht tut mir weh. löst einen wirbel von schmerz und wärme in mir aus. 'so jung' bin ich auch nicht mehr. ich weiß. ich greife in dein haar. laß meinen daumenballen über deine wange gleiten. he, du. was, wenn er sich in mich verliebt ? hab ich gebangt, bevor ich herkam. jetzt hat's uns b e i d e . erwischt.

"ich paß in keine zweierkiste rein," sage ich. "überzeugt monogam war ich nie, und mit meiner erwartung, daß die liebe wenigstens dauerhaft sein sollte, hab ich x mal schiffbruch erlitten. es gab zeiten, da habe ich ganz große erwartungen an d i e beziehung gehabt. ich wollte was 'festes' und hab geglaubt, ich 'bräuchte' das unbedingt. da hab ich mich dann aus lauter furcht vor mißerfolg bald gar nicht mehr an irgendjemanden wirklich herangetraut. nachdem ich auf diese weise lang auf dem trockenen gesessen hab, kam letzten winter heike auf mich zu. da hab ich mich eingelassen trotz allem risiko, trotz ihrer unentschiedenheit, was beziehungen zu frauen angeht und obwohl's von anfang an eine dreierkiste war. da hab ich mir trotz allem risiko mal wieder 'ne ganz intensive und langdauernde liebesgeschichte vorstellen können. und hab wieder 'ne volle bauchlandung gemacht. da war ich so kaputt und hungrig, da hab ich mir gesagt, scheißegal, wennde den kuchen nicht kriegst, dann ernährste dich eben von krümeln. und hab angefangen mich einzulassen auf d i e

menschen, die mir grad über den weg liefen und die ein stück weit offen waren für mich, und hab mir keine gedanken gemacht, ob's wohl was 'festes' werden könnte. da hab ich gemerkt, wie gut mir das tut, mich einzulassen auf das, was grad möglich ist, auch wenn's gewiß nicht immer das optimale ist. ich bin's so leid geworden, beziehungen definieren zu wollen - dies ist liebe, das ist freundschaft, hier sex inclusive, dort nicht, und wenn sex, dann aber auch a und b und c und unbedingt ein gemeinsamer alltag - all diese riesenansprüche, mit denen du alles erdrückst, was an auseinandersetzung nötig wär, mit denen du alles blockierst, was an begrenztem glück möglich wär. zur zeit fühl ich mich wieder stark genug, daß ich sagen kann: die intensität einer liebe ist mir wichtiger als ihre dauer oder die vermeintliche sicherheit, die sie mir geben kann. zur zeit weiß ich, daß ich b e g e g n u n g e n leben will und nicht auf teufelkommraus eine b e z i e h u n g bauen."
und du kommst nicht darüber hinweg, daß ich demnächst mit hanno in ferien fahren will. und redest davon, daß du am liebsten heiraten möchtest.
"unsere konzepte passen nicht zusammen," sag ich zu dir, "hinten nich und vorne nich."

ich greife in dein haar, ich füttere meine handflächen mit deiner haut, ich lege meinen bauch an deinen, deine hände streicheln meine sehnsucht wund. "ich hab dich lieb," sag *ich in dein gesicht. 'worauf hast du dich da eingelassen... ' murmelt der zensor vor sich hin.*

"kannst du nicht noch einen tag länger bleiben ?" fragst du.
hör auf, zieh nicht an mir.
"nein," sage ich, "morgen muß ich arbeiten."

***

am nächsten morgen fährst du mich zum bahnhof. es ist gut, jetzt zu fahren. ich bin voll bis obenhin. ich bin sicher, daß ich wiederkomme.

wir steigen die treppe zum bahnsteig hinauf.
ich schau dich von der seite an.
"ich bin froh, daß ich dich kenne !" freu ich mich plötzlich.
dein gesicht ist dunkel vor traurigkeit.
"im moment find ich's ganz schön schwer, dich zu kennen," gibst du zurück.

der zug kommt, ich steige ein. ich ziehe das gangfenster herunter und lehne mich hinaus.
du stehst dicht am zug. dein gesicht vor mir, so schmerzlich, so nah. du hast dich nicht vor mir gehütet, das kann ich sehen.
"du - ," ich angele mit der hand nach deinem nacken, "du, geh gut mit dir um, schluck die tränen nicht alle runter, laß sie raus."
du nickst.
"laß von dir hören," sagst du.

"ja," sage ich, "wir sehen uns !"

ich stehe am gangfenster. häuser und dann felder ziehen vorbei. ich schließe das fenster und lehne die stirn gegen die scheibe, lange. es ist gut, jetzt zu fahren. ich weine.

ich schaue hinaus auf die felder. wo fährt dieser zug hin mit mir ? bilder kreiseln in meinem kopf. ich ziehe eins hervor und sehe: meine eltern. 'ich möchte jetzt zu meinen eltern fahren !' zieht es mir wie ein sanfter schmerz durch den kopf. so ein unsinn. mit meinen liebesgeschichten haben meine eltern nie das geringste zu tun. eltern - das ist kein zufluchtsort für mich. ich muß völlig aufgeweicht sein innendrin.

weiche traurigkeit spült ein neues bild nach oben: sebastian. sebastian, der seit jahren immer dann auftaucht, wenn ich in mir an den ort gelange, der liebe heißt. sebastian, dem ich vor einem dreivierteljahr einen 'letzten' brief geschrieben habe. ich wollte endlich 'fertig' sein mit ihm. jetzt muß ich lächeln über mich. wie kann ich klarkommen mit ihm, bevor ich klar bin mit mir. er wird ein gespenst bleiben, solange ich jenen ort in mir nur mit angst zu betreten wage.

3. "now that we found love what are we gonna do with it"

am nachmittag zurück in der wohngemeinschaft in siekum, wo ich grad einige wochen lang wohne, um in der gegend ein praktikum bei einer bewegungstherapeutin zu machen. ich stelle meine tasche ab, ziehe mich um, schwinge mich auf's fahrrad, um fünf uhr muß ich bei der arbeit sein. zwei gruppen heute, um neun uhr ist schluß. anschließend gibt es noch einiges zu besprechen, so daß es schließlich dunkel geworden ist, als ich mich auf den rückweg mache.

ich liebe diese fahrten mit dem rad über's land, beinah eine volle stunde brauche ich für den weg. schmale landstraßen, kaum befahren, und ein ganzes stück weit geht's durch die heide. genug zeit hab ich da, die gedanken baumeln zu lassen. gut war's, heute abend wieder in den gruppen zu sein. wieder alltag im kopf zu haben, nicht mehr an diesen mann denken zu müssen, dem ich seit zwei tagen plötzlich so viel platz eingeräumt habe in mir. aber nun, wie ich auf dem fahrrad sitze und durch die dunkelheit fahre, schwappt die erinnerung über, quillt all das noch so frische gefühl durch die ritzen des abends, beginnt wieder das seltsam schmerzliche ziehen in der gegend des herzens, dieses seelisch-auf-dem-

zahnfleisch-gehen, diese panik des sich einlassens, die sich so oft einstellt, wenn ich jemandem die türen öffne zu meinen herzkammern.

dort, wo die heide beginnt, liegen zwei große hinkelsteine dicht am weg. ich lasse das rad ins gras fallen, gehe die paar schritte bis zum ersten stein. ich lehne mich bäuchlings an, strecke die arme aus und mache mich breit an dieser kühlen schulter. lehne den kopf an den stein und tauche meine augen in die nacht. so groß ist der himmel über mir, so groß. tränen bahnen sich sachte ihren weg über mein gesicht. rohrbruch in meiner herzkammer, das wasser steht knöchelhoch. ich öffne die türen bis zum horizont und lasse es abfließen. hier kommt um diese uhrzeit niemand mehr vorbei, der mich stören könnte, und der stein versteht's. die augen allein reichen nicht aus, das wasser steigt mir die kehle hoch und ich öffne den mund, ich singe mir das lied von der liebe und vom schmerz, ich wein mir die seele aus dem leib, und dann schreie ich, schreie laut. da ist so viel raum in mir und so viel raum um mich herum und ich nehme ihn ein und ich schreie.

von ganz weit hinten blökt leis ein schaf zurück.

***

der nächste tag. ingrid und jochen habe ich

irgendwann aus dem haus gehen hören, ulla ist in der schule, lutz kommt erst heute abend wieder. ich bin allein im haus.

verdammt, bin ich dünnhäutig heute. liege bis drei uhr im bett, komme nicht auf die beine. liebe mich, träume, döse, entwerfe tausend briefe und gespräche, mit gerd und all meinen lieben zuvor, alle meine lieben wie perlen an einer schnur, ein ganzer rosenkranz.

fahre mit dem fahrrad ins dorf, ein paket von der post abholen. bleibe unterwegs an der pferdeweide stehen, starre diese großen schönen tiere an, sauge ihre bewegungen auf mit den augen, als hätte ich noch nie pferde gesehen. was ist los mit mir.

wieder im haus, gehe ich in den großen wintergarten. ich lege eric burdon auf, drehe die lautsprecher hoch. "I love you," singt der, immer wieder: "I love you." ich torkele herum auf dem großen dicken teppich, lasse mich fortschwemmen von dieser stimme voller kraft und weichheit mit ihrem unbedenklich großflächigen lied. ich falle, rolle, gleite, tanze mit allen vieren und allem was ich habe, werfe mich hin, auf den boden und in die luft, genug platz ist hier, so ein zimmer möchte ich haben, drei mal vier meter teppich und keine möbel drauf. ich atme, ich singe, ich bin bewegung, bin kraftvoll und weich und breite mich aus.

durch die fensterfront schießt sonne ein. die dicken wolken haben sich beiseite schieben lassen, bald werden sie wieder ihr terrain erobern und uns vollregnen, das reinste aprilwetter ist das hier, obwohl wir eigentlich mitten im sommer sind. naßgeschwitzt liege ich rücklings auf dem teppich, erich burdon ist zuende. 'third world' fallen aus den boxen über mich her mit ihrem pochenden reggae: "now that we found love/what are we gonna do/with it... " schon wieder könnt ich weinen. ich fliehe in die küche, gehe hinaus in den garten, setze mich auf die schaukel. könnt ich fliegen.

tränen hinter meinen augen. ich mag nicht mehr weinen. dieser schwarze sog hinter meinen augen. diese sehnsucht nach dem ganz großen fallenlassen. von irgendwoher tropfen mir schwere sätze ins hirn: weißt du, was das geheimnis der liebe ist ? der größte orgasmus ist der tod.

ich gehe zurück ins haus, gucke aus dem fenster in die tannen. aufpassen, daß die bäume nicht in den himmel wachsen... tun sie wohl ! oder ?

dein gesicht in meinem kopf, dein gesicht auf dem bahnhof, schmerzhaft und nah. das muß ich klarkriegen: warum ich so abfahr auf deine traurigen augen.

gut, daß ich die nächsten tage wieder arbeiten muß. das wird mich zurück in den alltag holen. bin nah an dem punkt, mir die seele wund zu reiben. das wort 'liebe' steht in großen druckbuchstaben in meinem kopf. klobig. eckt überall an. und ich spiel den ganzen tag lang wiederkäuer. versuch's zu verdauen. möcht's wegwerfen. laß doch kompost draus werden !

es ist völlig klar, daß ich dich wiedersehen will.

***

am abend ruft gerd an. wir reden lange. wir sollten allmählich mengenrabatt kriegen bei der post.
"ich will dich wiedersehen," sage ich und wir überlegen einen termin. in zwei wochen ist mein praktikum zuende, vielleicht könnte er am letzten wochenende hierher kommen.
"gut," sagt er, "zwei wochen, das ist ja noch auszuhalten."

auszuhalten... häng dich bloß nicht an mich ! ich warne dich. ich habe längst nicht so viel für dich übrig, wie du haben willst. ich mag nicht verantwortlich dafür sein, wie's dir geht. laß dir's gefälligst gut gehen auch ohne mich ! aber das denke ich erst, als er wieder aufgelegt hat. noch ein anderer satz klingelt mir nach im ohr: "was wird denn der hanno dazu sagen ?" na, ich denk, der wird's schon packen.

auch wenn ich schon ein bißchen angst davor habe, ihn anzurufen. das problem wird eher sein, was d u noch zum thema hanno sagen wirst.

ich bleibe im sessel neben dem telefon sitzen, schaue ins leere. ich ziehe den zensor zu rate. worauf habe ich mich da eingelassen ?

"eine unmögliche liebe," sagt der zensor ruhig und zieht die schwarze karte. ein typ, der gefixt hat bis vor nicht einmal einem jahr. einer der gelernt hat, schlecht mit sich umzugehen, ein psychosomatiker, ein selbstmordversucher, ein migränetyp. einer der schnell mürrisch ist und gereizt, der nicht einschlafen kann, solange ich haut an haut neben ihm liege. einer der sich manchmal abends vor den fernseher knallt - in meiner 'alternativen' werteskala die verpönteste aller möglichkeiten, sich selbst zu entkommen. einer der auf die frage 'wie geht's ?' ganz selten eine frohe antwort weiß. einer der in einer stadt wohnt, in der er sich nicht wohlfühlt, in der er noch fremd ist, in der er wenig leute kennt. einer der einen job hat, der ihn langweilt. einer bei dem ich sonst kaum eine begeisterung entdecken kann als die für sex. einer der eifersüchtig ist, der eine 'feste beziehung' will, am liebsten mit trauschein.

und ich ? brigitte die 'selbstverwirklicherin', die 'starke frau' ? na, die meiste zeit halte ich mich dafür. auch wenn mir manchmal andere sagen, ich sei ja wohl ganz schön wackelig auf den beinen. was heißt wackelig ?! das i s t meine stärke: ich falle und ich stehe wieder auf. stehauffrauchen. um m i c h habe ich nur noch ganz selten richtig doll angst. aber nun plötzlich um ihn. daß die rückfallquoten bei fixern enorm hoch sind, geht mir nicht aus dem kopf. duliebergott, brigitte, dafür bist du nicht verantwortlich, nun komm bloß nicht auf den helfer-trip. da bin ich doch sonst nicht so anfällig für. aber frei bin ich davon nicht, ich weiß. damals sebastian mit seiner lsd-vergangenheit, mit seinen psychosomatischen beschwerden, der ein jahr bevor ich ihn traf seinen letzten selbstmordversuch gemacht hatte. sebastian, dem es grundsätzlich mies ging und manchmal gut, während es mir - noch nicht so lange damals - grundsätzlich gut ging und manchmal mies. sebastian, den ich in die gleiche richtung gehen sah wie mich, nur sah ich ihn gegenüber auf der schattenseite gehen, während ich in der sonne ging. damals wollte ich ihm unbedingt eine therapie finanzieren helfen. und jetzt dieser gerd mit seinen tastenden augen und diesem unendlich sensiblen mund, den ich stundenlang anschauen könnte und der mich immer wieder ein wenig an den von sebastian erinnert. und immer diese angst: was tu ich ihm an ? und immer diese skepsis: was will ich mit so einem ?

auf wen habe ich mich da eingelassen, ich,

die 'starke' brigitte ? ich, die ich in einer stadt lebe, in der ich mich nicht wohlfühle, in der ich noch fremd bin, in der ich kaum freunde habe, aus der ich lieber heut als morgen fortgehen möchte, in der ich noch ein ganzes jahr ausharren will diesem staatlich anerkannten zeugnis zuliebe, das ich dann bekommen werde. ich, deren freunde verstreut sind über hunderte von kilometern, die allein wohnt und deren wohngemeinschaftspläne seit einem jahr immer wieder scheitern. ich, die 'alleinstehende frau', die regelmäßig hundert tränen weint, wenn jemand sie wirklich berührt.

ich, die ihre zwei beine immer wieder auf die erde kriegt. die nach jahrelanger suche endlich ihre arbeitsperspektive gefunden hat, mit der sie glücklich ist, jawohl, glücklich. die tanzt und die schreibt, die mit frauen arbeitet, und die sogar endlich geld verdient mit dem, was sie tut. die einen bioenergetictherapeuten gefunden hat, der ihr behutsam hilft, die knoten aufzudröseln in ihrer seele. die seit jahren vorsichtig und unbeirrbar auf dem weg ist zu sich selbst.

auf wen hat die sich da eingelassen ? auf einen merkwürdigen fremden mann, der einfach kommt und zu ihr sagt: guck, das bin ich, und ich hab dich lieb. der ihr viel von sich zeigt, der sich auszieht vor ihr und sie heiß macht, der sie ganz unvorsichtig nah an sich herankommen läßt und in dessen augen sie eine *traurigkeit findet, die sie wiedererkennt.*

immer diese angst, ihm wehzutun: was geschieht, wenn ich ihn enttäusche ? darf ich denn das: einfach auf ihn zugehen so weit wie ich will - und nur so häufig kommen und nur so lange bleiben, wie ich will ? darf ich denn das: wünsche wachrufen in ihm - und nur die davon erfüllen, die ich erfüllen mag ? trau ich mich das ? ich, die ich selbst mein leben lang einer unerfüllten liebe nach der anderen nachgelaufen bin und erst in den letzten jahren mühsam gelernt habe, was es heißt, loszulassen. ich falle und ich stehe wieder auf, glaub ich das wirklich, und wenn ich das wirklich glaube, warum trau ich's dann ihm nicht zu ?!

***

seitdem ich wegen des praktikums in norddeutschland bin, habe ich hanno nicht mehr gesehen. zu groß die entfernung, um sich mal eben zu besuchen. vor einer woche hatte ich ihn angerufen: he hanno, hab sehnsucht nach dir, willst du nicht mal hochkommen für ein wochenende ? nee, hatte hanno gesagt, er fühle sich grad sehr wohl zu haus, es gebe so viel zu tun, neue ideen für ein theaterstück, experimente auf der straße mit anderen theaterleuten, ach nein, hatte er gesagt, er komme jetzt wohl nicht.

ein bißchen neidisch war ich gewesen. dem geht's wohl gut. und ich hänge hier in der fremde rum. na gut, hab ich mir gesagt, wenn er jetzt keine zeit für mich hat, muß ich für mich selber sorgen. muß ich mal gucken, wie ich hier das beste mache aus meiner zeit. zwei tage später dann plötzlich die mitfahrgelegenheit richtung braunschweig. na gut, hab ich mir gesagt, ich will was erleben, guck ich mir den gerd an. dem hanno nehme ich damit nix weg.

und nun hab ich mich verliebt. was er nun dazu sagen wird ? wir waren uns von anfang an einig: wir wollen keine 'zweierkiste'. aber komisch ist mir nun schon. w o l l e n tun wir die kiste nicht - aber k ö n n e n wir's nun tatsächlich ohne ? wie er drüber d e n k t, weiß ich wohl, aber was wird er nun f ü h - l e n , wenn ich's ihm erzähle ?

weit weg ist er mir gerutscht, seit der gerd sich breit gemacht hat in mir. aber wozu sollte ich ihm einen platz freihalten, den er zur zeit gar nicht einnehmen will. und ich bin ganz und gar sicher: es wird genug platz für ihn sein, wenn er wieder da ist. in meinem herzen gibt es nicht nur e i n e kammer. da führen v i e l e wege zu mir, da hat meine seele so viele häute, da wird nie e i n mensch genug sein, sie a l l e zu ent-decken.

ein paar mal versuche ich, ihn anzurufen. er

ist nie zu hause. dann erwische ich ihn doch. hallo hanno, wie geht's ? prächtig geht's ihm, übersprudelnd erzählt er vom straßentheater. fröhlich kneift mir seine stimme ins ohrläppchen - he, da ist er ja wieder !
"schön, deine stimme zu hören !"
"geht mir auch so," freut er sich zurück.
"du hör mal," schiebe ich einen keil in seine erzählungen, "ich muß was loswerden: ich hab den gerd besucht."
"ach ! - und wie war das ?"
"gut... ich meine, sehr viel intensiver als ich mir vorgestellt hab... ich war ja vielleicht gespannt... und... naja, es hat ganz schön reingehauen... ich hab mich ganz schön verknallt."
er nimmt's gefaßt.
"wie is'n das, wenn du das hörst ?" bohre ich nach.
"also, im ersten moment hab ich gedacht: stop ! halt ! wieso ?! aber dann denk ich, daß das schon o.k. ist, daß das ja auch gar nicht anders abgemacht ist zwischen uns, und wenn ich jetzt deine stimme höre, dann habe ich eigentlich keine angst."
dann erzählt er, daß er neulich eine frau wiedergetroffen habe, in die sei er vor einem halben jahr mal kurz verliebt gewesen, und jetzt verstünden sie sich ungeheuer gut und er sei viel mit ihr zusammen.
"oh !" denke ich und bin einen augenblick lang stumm, schwanke zwischen alarmiertheit und erleichterung, entscheide mich für die

erleichterung. o.k., dann sind wir ja quitt, du erlebst dich und ich erleb mich und eines tages treffen wir uns wieder. ich hab jetzt keine lust auf panik. eher freu ich mich, daß ich meine nachricht an dich losgeworden bin. freue mich, deine vertraute stimme zu hören, lache über die neuen theaterszenen, die du ausgebrütet hast und mir erzählst, stundenlang könnte ich dir so zuhören, hanno der märchenerzähler. ich kuschel mich ein in die gute laune, die du herüberschickst. dein wohlergehen hängt nicht ab von mir und meines nicht von dir, aber "schön wär's, wenn du jetzt hier wärst !"
"ja, find ich auch !"

"willst du denn immer noch mit mir nach kopenhagen fahren ?", fragt hanno plötzlich.
"na klar !" gebe ich wie aus der pistole geschossen zurück und bin einen moment lang wieder erschrocken. wieso fragst du denn, ist das nicht abgemacht ?!
"ich freu mich auch drauf," kommt es zurück. ich bin beruhigt. jetzt ist nicht unsere zeit. ich bin hier und du bist dort, 'distanz ist genauso wichtig wie nähe,' sag ich doch immer. in drei wochen treffen wir uns wieder. dann werden wir zeit füreinander haben. dann werden wir weitersehen.

lange erzählen wir noch miteinander. schön ist das, dir plötzlich wieder nah zu sein, mich zu erinnern an dein gesicht, deinen kör-

per.
"jetzt würd ich gern mit dir rumknuddeln !" schön ist das, mit dir zu lachen. schön ist das, deine stärke zu spüren und deine lebendigkeit.

doch je mehr du erzählst, desto mehr beginne ich ausschau zu halten nach deinem schweigen. ja, jetzt weiß ich's wieder: ich lache zu viel mit dir. das habe ich schon zu dir gesagt die letzten male, als wir uns sahen: wir lachen zuviel. hanno der clown - manchmal habe ich dein ernstes gesicht gesehen, nicht oft. jetzt horche ich auf dein schweigen und höre es nicht. warum kannst du nicht still sein, da ist noch etwas, das ich dir sagen will, das paßt nicht zwischen so viele worte. wie könntest du meinen herzschlag hören zwischen so langen sätzen.

deine sätze rollen so glatt. dein lachen schlägt purzelbäume ohne zu stolpern. warum bist du so stark. schön bist du, wenn du stark bist, aber wann berühre ich je deine grenzen ? i c h habe geweint in deinen armen und in der wut mit deinen kissen geworfen. wie selten hat ein mann in meinen armen geweint. bin's so leid geworden, meine mauern abzutragen, um vor fremden mauern zu stehen. deine zärtlichkeit, die mich besticht. deine küsse, die so weich sind wie die einer frau. hanno der clown, der auf dem marktplatz steht mit einer roten nase. alle clowns sind traurig, heißt es. ich kenne deine trauer nicht, und nicht deinen zorn, deine schwäche nicht. einmal habe ich auf deinem schreibtisch einen brief an mich gefunden, der sprach von unsicherheit und verwirrung. du hast ihn nicht abgeschickt. manchmal möchte ich mich verlaufen in deine augen und finde den weg nicht hinein. deine augen werden so schmal, wenn du lachst.

***

während der folgenden tage nimmt mich das praktikum sehr in anspruch. katharina und ich geben gemeinsam am wochenende einen bewegungskurs. ausnahmsweise ist auch einmal das wetter auf unserer seite. ich tanze mich in gute laune.

aber immer wenn meine aufmerksamkeit grad nicht gefordert wird, flutscht sie schnurstracks fort zu gerd. alle ritzen meines kopfes hängen voll mit ihm. in der mittagspause mache ich mit leuten aus dem kurs einen spaziergang durch's moor. solange wir uns unterhalten, bin ich anwesend. als eine längere pause im gespräch entsteht, sause ich schwups in meinem kopf wieder nach braunschweig. wie wird das weitergehen mit diesem mann ? - mein hirn sitzt voller kribbelnder fragezeichen. und diese unruhe jetzt noch zwei wochen lang ?! nee. wenn schon denn schon. ich will wissen, wohin mich diese geschichte

führt. vielleicht sollte ich morgen nachmittag nach kursende nach braunschweig fahren ? just in dem moment, wie ich das denke, entdecke ich vor meinen füßen im gras ein vierklee, ein ungewöhnlich großes, das ganz zerlöchert ist von irgendwelchem ungeziefer. ich pflücke es ab und halte es hoch: alles klar, ich fahre !
"so ist es, mein glück," sage ich lachend zu den anderen, "groß und angefressen !"

***

den weg zu seinem haus kenne ich jetzt schon. komisch, so bald schon wieder hier zu sein. ich umarme ihn und seufze ihm gleich ins ohr: "du, ich komme mit einem ganzen sack voll bedenken !"
"na, denn pack mal aus."

ich schaue mich um. mitten im zimmer liegen noch matratzen und bettdecken wie vor einer woche. das hat er schon am telefon erzählt, daß er unser lager nicht wegräumen mag. irgendwie hat mich das gerührt. aber jetzt stört es mich. ich will kein museum. gib dir keine mühe, diesmal wird es ganz anders sein. es ist immer anders.
"komm, wir bauen das bett woanders hin !"
"wohin denn ?" er schaut verständnislos.
stimmt, in diesem zimmer ist sonst nirgends platz für unser großes lager.
"dann legen wir uns aber heute nacht wenig-

stens quer hinein," schraube ich meine ansprüche zurück. jedenfalls setz ich mich da erstmal nicht drauf. ich lasse mich auf's sofa fallen. er kniet sich vor mich hin, lehnt sich in meinen schoß. ich fahr ihm händevoll durch's dunkle haar.
"schön, dich wiederzuspüren."
er wandert mit den händen unter meinen pullover, gräbt meine brüste frei.
"nun sag mal, was ist denn ?"
"das gibt doch ein riesendurcheinander mit uns," sage ich. "unsere erwartungen sind völlig unterschiedlich. wir sind so völlig unterschiedlich. ich hab skrupel, zu dir zu kommen, weil ich weiß, von mir kriegst du nicht das, was du haben willst. ich hab angst, so viele wünsche in dir zu wecken und sie nicht zu erfüllen, denn ich weiß so gut, wie weh das tut. und ich denk, ich bin stärker als du. und du kommst mir so unvorsichtig vor... "
"ich brauch keine mammi," sagt er freundlich und bestimmt und schiebt meinen pullover höher. rutscht sanft mit der wange über den oberbauch, landet an der rechten brust, fängt den nippel ein mit seinen lippen. hält plötzlich inne, läßt den nippel fahren.
"guck mal, was ich hier mache !" er schüttelt den kopf. "ich sage, ich brauch keine mammi und leg mich dir an die brust." lacht und fängt den nippel wieder ein.

siehste ! denk ich noch, aber dann gefällt mir schon beides: daß du sagst, du brauchst keine

mammi, und daß dein kopf da liegt an meiner brust. und dein haar ist so weich. und deine haut so vertraut. und dein hunger nach mir so sanft. meine hände spüren deinen rücken auf. stundenlang könnt ich hier sitzen und schmusen mit dir.
"mein bein schläft ein," meldet er sich.
also ziehen wir nun doch um auf die matratzen.
"du wolltest dich doch quer legen," erinnert er mich.
ach, ist mir doch egal.

***

ich habe mir arbeit mitgebracht und will zwei tage bleiben. während gerd tagsüber fort ist, setze ich mich mit der schreibmaschine an den küchentisch und tippe protokolle für's praktikum.

am nachmittag kommt er von der arbeit und legt sich ins bett. sagt, daß er eine runde schlafen will. ich wurschtel in der küche herum. nach einer weile ruft er mich.
"hast du zwei minuten zeit ?" fragt er mit einem grinsen.
"ja-a... wofür denn ?" grinse ich zurück, setze mich zu ihm und spiele ahnungslos.
"nimm doch mal die bettdecke weg," meint er mit einer kopfbewegung.
"und dann - ?" frage ich gedehnt. vorsichtig lupfe ich die decke. darunter ist er kräftig am rubbeln. ich lege die decke beiseite.

*"hast du lust zuzugucken ?" fragt er.
"hm-m," nicke ich und mache es mir neben ihm gemütlich. würd ich mich ja nie trauen, denke ich, so ins blaue hinein einfach anzufangen mit mir, ohne sicherzugehen, ob der andere auch grad ansprechbar dafür ist. mir ist auch selber grad nicht sonderlich geil zumute. aber ich brauch ja auch nichts mit ihm anzustellen, mache ich mir klar, kann einfach sitzen und schauen. muß ihn nicht berühren, muß nichts tun für ihn, er sorgt für sich, brauche mich nicht zuständig zu fühlen für seine lust. und hab schon lust, zu bleiben. seine ungeniertheit ist's, die mir mächtig gefällt. also setz ich mich hin und gucke. weiß erst gar nicht recht, wie ich gucken soll, hoffentlich guck ich nicht zu neutral, denke ich. dann guck ich mich langsam ein. beguck ihn mir von unten bis oben. bleibe hängen an seinem gesicht: seine augen jetzt geschlossen, der kopf leicht zur seite geneigt, die unterlippe weich und voll und ein wenig geöffnet. ein mensch, der sich genießt. wieso soll das bloß kein schöner anblick sein. da macht er die augen auf, entdeckt meinen blick auf seinem gesicht, sieht plötzlich wie ertappt aus und dreht den kopf schnell ein wenig weg.
"du siehst schön aus," sage ich ruhig, und es tut gut, das so ruhig zu sagen, drum sag ich's gleich noch einmal: "du bist schön," und schau ihn mir an von oben bis unten und lächle und sehe daß sein blick die scham verloren hat und seine hand schneller wird. da werden meine*

hände hungrig und kriechen auf seine haut. da erinnert mein mund eine weiche gier und sucht sich einen brustnippel. da fängt sich mein blick wieder und wieder in seinem rhythmus. da kreisen meine hände über bauch und schenkel sein zentrum ein. da steigt meine hand ein in seinen tanz, und wie ich spür, daß er bald kommen wird, schließt sich mein mund um seine warme kuppe.

"was machst d u denn da ?!" fragt er lachend, als ich mich ausziehe und seiner hand den weg zu mir weise.

aber dann wird's mir doch schwer, mich seiner aufmerksamkeit auszuliefern. wie schwer das ist, zu nehmen ! immer wieder rutsche ich hoch in meinen kopf, beginne mich von außen zu sehen: hoffentlich dauert's ihm nicht zu lange. fühle mich belauert in meiner lust. dabei bin ich's doch selber, die mir nicht alle zeit zu gönnen wagt.

***

gerd stopft sich ein pfeifchen. an seinem geburtstag letzte woche hat er ein großes piece haschisch geschenkt bekommen.
"rauchst du mit ?" fragt er.
ich überlege kurz.
"nö, jetzt nicht."
nee, bloß nicht. nicht wieder holterdipolter rein in die dicken gefühle. erst mal so gucken,

was läuft, passiert eh schon so viel. bei mir ist das nicht so easy mit dem rauchen. ein 'genußmittel' ist das für mich nicht. meistens macht's mich weit auf, läßt mich klarsichtig werden und ungeschützt sein vor fremden blicken. wahrscheinlich kommt's daher, daß ich an die drogen erst geraten bin, als ich die bioenergetic schon kannte. als ich schon drauf trainiert war, reinzugucken in mich um rauszulassen, was in mir ist. so bin ich schon öfters mit großen gefühlen niedergekommen, wenn ich einen zug zuviel getan habe. kann das drum auch nie recht verstehen, daß leute das zeug rauchen können 'einfach so'.

gerd stopft sich öfters ein pfeifchen in diesen tagen. gerd kommt mit einer scheißlaune von der arbeit, stopft sich ein pfeifchen und ist wieder ansprechbar. mir ist das nicht geheuer. wenn ich mit einer scheißlaune kiffen würde, säß ich nachher in der ecke und würde heulen. oder wüten. wie macht der das ? und vor allem: w a s schiebt er alles unter den teppich damit ? mir ist das nicht geheuer. und vor allem: ich will nicht, daß er alles mögliche unter den teppich kehrt. soll er's mir lieber zeigen. wozu bin ich denn hier.

mir wär's lieber, er würde nicht rauchen. aber sagen tu ich nix. ich bin doch nicht seine mutter. nee wirklich, da käm ich mir blöd vor, da was zu sagen. muß er doch selber wissen. aber mir wär's lieber, er würde nicht rauchen.

soll er meinetwegen 'ne scheißlaune haben. ich will ihn doch nicht nur von der schokoladenseite. ich will ihm doch begegnen. wie soll das gehen, wenn er alles, was stört, beiseite kifft ?

daß ich selber meinen ärger unter'n teppich kehre, indem ich innerlich vor mich hinmotze und nach außen stumm bleibe, fällt mir dabei gar nicht auf. und ich bin auch bequem. natürlich ist es angenehmer, wenn er lacht. und ich bin auch ängstlich. will ich ihm denn wirklich so sehr begegnen ? bin verteufelt tief hineingeraten in die gefühle beim letzten mal, bis dahin wo's ganz schön schwer wird für mich, will ich denn das wirklich nochmal riskieren - will ich das mit i h m ? das geht doch sowieso alles schief... oder ?...

***

es ist nacht. ich wache auf, mitten hinein in meinen hunger. er war gerädert und will endlich ausschlafen, hat er gesagt. und ich mit meinem verlangen, quadratmeterweise.

lange hab ich mich so nicht mehr erlebt: meine haut wach bis zum platzen. wie bekifft, obwohl ich stocknüchtern bin. und du da unter deiner decke, dicht neben mir. wie kann ich nur meine finger von dir lassen. all meine poren belauern deinen schlaf. die gier stülpt sich mir unter die haut. ich kann nicht still *liegen. arme und beine wühlen sich am laken entlang, mein becken locker wie eine kinderschaukel. handflächen und fußsohlen so hungrig nach widerstand.*

einen orgasmus könnte ich jetzt selbst zum platzen bringen, aber das ist es nicht. orgasmus, das wäre jetzt nicht genug: mich ganz einwickeln in deine haut ! von stirn bis zeh landeplatz sein für den rausch. wie soll ich schlafen können, wenn überall mich die bettdecke streichelt.

jetzt in deine traumblasen stechen ? dich einfach fragen ? oder mich sachte hineinstreicheln in deinen schlaf ? ich kann's nicht, ich will's nicht. mach dir doch nicht deinen schlaf kaputt. den wolltest du. mach ich doch nicht. ich dreh mich weg von dir. die kleinste schlafwelle rollt mich wieder zurück an deinen strand. da lieg ich, ratlos vor hunger.

doch versuchen, dich zu erreichen ? ich kann's nicht, ich wag's nicht. noch immer wenig vertrauen in die kraft meiner begierde. könnt ich dich mit mir wirbeln wie ein sturm ? was, wenn ich verebbe unter deinen augen und du mich dann fragst, warum um himmels willen ich dich habe wecken müssen.

und du willst schlafen, sowieso. will dich ja lassen. und weiß mich nicht zu lassen. schlaf-

brocken zerkrümeln unter meiner hitze. vielleicht aufstehen und was ganz anderes tun. aber was, um diese uhrzeit ? bis ich mich wieder einfangen lasse von kreiselnden träumen.

gegen morgen, im halbschlaf, überfalle ich dich doch. du rollst dich weg. entschuldige. ich ziehe meine tausend fangarme wieder ein. hast ja recht, so geht's auch nicht.

aber wie geht's dann ? wie geh ich vor, wie geh ich endlich vorwärts mit meiner begierde ? die uhr geht weiter, du gehst zur arbeit. und mir geht wieder die luft aus.

***

gerd erzählt viel von sich während dieser tage. ich sammle details aus seinem leben und mache mir ein bild. es wird kunterbunt und krumm und schief. ich komme nicht klar.

ehemals porschefahrer. auf sylt in einer bar gearbeitet. privatdetektiv gewesen. politologie studiert. gefixt. jetzt repariert er computer. auf den fotos, die er mir zeigt: mal freak, mal dandy. heute sieht er aus, wie ich ihn mir schon am telefon vorgestellt hatte: eher unauffällig, schnäuzer, hemd und jeans. fährt einen alten vw mit anti-atom-aufkleber. erzählt, daß er neulich in der peep-show war. erzählt von seinem besten freund, der sich umgebracht hat: "der hätte dir bestimmt nicht gefallen, der war schon ein richtiger chauvi." im bücherregal von dessen frau, die wir besuchen, sehe ich lenin neben einem buch über "pornokätzchen". gerd zeigt mir, welches dieser kätzchen er immer besonders scharf gefunden habe. ich finde sie im vergleich zu den anderen frauen im buch erträglich. sie posiert wohl für die rubrik 'natürliches wesen'. aber scharf find ich sie gar nicht mit ihrem verpappten zehnminutenlächeln im gesicht. als wir über den markt gehen, spricht gerd eine frau an, wechselt ein paar sätze mit ihr, offensichtlich eine gute bekannte. sie sieht superchic aus, klamotten aus der edel-boutique und perfekt frisiert. "rat mal, was die beruflich macht," sagt er im weitergehen, "die arbeitet im puff." er zeigt mir fotos von ex-freundinnen: 'brigitte-modelle' diagnostiziere ich pauschal und weiß nicht, wie ich mich fühlen soll in dieser reihe. meine pluderhosen nennt er spöttelnd schlafanzug. na gut, daß er zu allem und jedem ketchup ißt, ist mir nicht das größte problem. aber die fremdheit summiert sich.

was kann ich anfangen mit einem, der so fremd ist ? wie will ich den unterbringen in meinem leben, welchen platz habe ich für ihn ? ich weiß es nicht. habe mich in sachen liebe noch nie so weit herausgewagt aus meiner scene.

aber warum soll das nicht gehen. e i n e n

freund habe ich ja, der sehr anders ist als ich. jan: völlig verschieden im temperament, so viel älter als ich daß er mein vater sein könnte, und mit einer geschichte, die mir ganz fremd ist. aber einer, der in die gleiche richtung lebt wie ich. auf seine art. durch hunderte von kilometern und unsere unterschiedlichen alltage getrennt, sehen wir uns nur selten. aber wir sehen uns immer wieder, sehr lange schon. jedesmal teilen wir auf irgendeine art unsere lust miteinander. meistens haben wir uns sehr gern, manchmal lieben wir einander.

warum soll das also nicht gehen. aber die himmelschreiende extase ist das mit jan doch auch nicht, meldet in meinem hinterkopf meine maßlosigkeit widerspruch an. das ist doch alles sehr schön dosiert !
aber es geht ! halte ich mich dran fest. unsere begegnungen sind oft tief gewesen. und so sporadisch unsere beziehung auch ist, so ist sie doch sehr wichtig und fruchtbar für uns beide. es geht also: intensität zu leben und doch den verschiedenheiten genug distanz einzuräumen. ich will glauben, daß das geht !
aber ob das hier klappen wird, die richtige distanz auszuloten, und das noch für beide..., brummelt meine skepsis.
müssen wir eben ausprobieren.

***

der letzte nachmittag. am abend muß ich zurückfahren, um am nächsten morgen rechtzeitig bei der arbeit zu sein.

irgendwie ist die luft raus. wir wissen nicht recht, was wir anfangen sollen mit diesen letzten stunden. scheiß-besuchssituation. wenn ich jetzt nach hause gehen könnte und wiederkommen, wenn mir danach zumute ist. wenn ich jetzt zu hause wär, würd ich irgendwas harmloses machen, aufräumen oder den abwasch erledigen oder sonst irgendwie rumwursteln. stattdessen jetzt der druck, es schnell noch schön haben zu müssen miteinander. ich kann das schrecklich schlecht aushalten, mich zu langweilen mit jemand anderem. krieg dann schnell die panik und weiß erst recht nicht mehr, wo ich lang will.

wir landen schließlich wieder im bett.
"wir tun 'n bißchen so, als m ü ß t e n wir jetzt wieder... " versucht gerd vorsichtig unser unwohlsein ins gespräch zu bringen.
"och nee, ich wollt's aber... "
wollt ich's nicht wirklich vorhin noch unheimlich gern ? ja, vorhin, als er noch gar nicht von der arbeit zurück war. aber jetzt ? aber was gibt's denn auch außerhalb des betts, was uns beide angeht, können wir denn sonst noch irgendwas anfangen miteinander ? dieser gedanke macht mich so hilflos, daß ich in der fantasie schon zum bahnhof fliehe. ich rufe mich zurück. selbst wenn es so ist - was soll's eigentlich ? haben wir nicht schon

verdammt viel angefangen miteinander ?! und plötzlich möchte ich wirklich nochmal gern ganz nah bei dir sein, bevor ich fahre - so nah, so ganz bis unter die haut nah wie beim ersten mal war's diesmal nie, schön war's, aber gefährlich nah war's nie, wir sind schon wieder vorsichtig geworden - sag, wollten wir das denn, will ich das denn, so verdammt vorsichtig sein ? aber in einer knappen stunde läßt sich unsere angst voreinander nicht mehr einholen, und schon gar nicht ohne worte, und in unserer plötzlichen eile rutschen meine augen aus auf deinem gesicht und dein schwanz aus meiner möse.

"wir müssen losfahren," sagt gerd, "dein zug kommt bald."

***

so spät abends gibt's keinen zug mehr raus bis nach siekum, drum bleibe ich in der nächsten größeren stadt und übernachte bei ulf. ulf ist ein ganz alter freund. vor acht jahren waren wir ineinander verliebt, haben's dann wieder sein lassen und haben seitdem die unterschiedlichsten beziehungen zueinander gehabt. haben uns manchmal fast aus den augen verloren und uns immer irgendwann wiedergefunden. ulf weiß von meinem allerersten telefon-erlebnis mit gerd. den rest erzähle ich ihm jetzt in groben zügen, während ich unter dem plumeau seiner freundin neben ihm im bett liege.

mitten in der nacht wache ich auf und stelle fest, daß ich im schlaf angefangen hab, mir einen zu krabbeln. ohne lang zu überlegen mach ich weiter, und ohne mich groß vorzusehen von wegen lautstärke stöhn ich mich hinüber. das hab ich sonst aber anders gemacht. wenn ich mich genießen wollte und andere schläfer waren im raum, da hab ich mich aber in stimme und bewegung immer schwer gebremst. daß es bloß keiner merkt.

ob der ulf denn nu was mitgekriegt hat ? er liegt ganz still. am morgen beim frühstück frag ich ihn. das will ich denn doch mal wissen. nein, sagt er, hat er nichts von gemerkt. ich bin trotzdem stolz auf mich. und nachzufragen hab ich mich auch noch getraut.

***

diese woche beginnt ein fünftägiger kursus und ich habe viel zu tun. mit den tagen verfliegt der schale nachgeschmack des letzten abends in braunschweig und meine fantasie kehrt bald wieder zurück zu dem, was schön war zwischen uns.

ich liebe mich oft in diesen tagen. schäl mich gern am abend aus meinen kleidern und berühr mich gern. laß meinen finger um den knubbel spielen und schau mir meine filme an, in denen gerd jetzt viele rollen spielt. und lasse neue filme entstehen: da ist ein zimmer, darin liegt eine frau. da steht ein mann in der tür, ich kenne ihn nicht, der steht da mit geöffneter hose und hält seinen schwanz in der hand. 'ich bin so geil,' sagt er, 'ich muß dir sofort meinen schwanz zeigen.' ich bin dieser mann. ich reibe meine eichel, fest und schnell. lässig räkelt sich die fremde frau auf ihrem lager, schiebt ihren rock hoch, macht die beine weit. 'willst du meine votze sehen ? na komm schon, du geile sau... "

ach du liebe zeit, jetzt fahr ich doch tatsächlich noch auf sowas ab. wie kommt das bloß, das mich sowas anmacht ?!
"denk mal gut drüber nach !" würde gerd jetzt sagen mit freundlichem spott.

bei einem unserer ersten telefongespräche hatte gerd viel von seinen fantasien erzählt. eine davon war: eine eiskalte frauenhand, die seinen schwanz berührt. huch, was soll denn daran schön sein, hab ich mich gewundert und hab ihn gefragt:
"wie kommt denn das, daß du das aufregend findest ? haste da irgendwelche merkwürdigen kindheitserlebnisse gehabt, weißte da was drüber ?"
"nein, will ich auch gar nicht wissen," kam es prompt von ihm zurück, "ich will das lieber ausprobieren, gucken wie das ist."
ich war völlig perplex über diesen naiven er-

fahrungsdrang. für mein seit jahren therapeutisch trainiertes bewußtsein war dies eine unglaublich ketzerische haltung. einfach ausleben ohne zu hinterfragen, ohne nach mammi und pappi und den entsprechenden kindheitstraumata ausschau zu halten ?! einfach mal machen ?! diese antwort von ihm kostete mich mindestens einen halben tag lang innerliches kopfschütteln. zum schluß wußte ich nicht mehr, ob über ihn oder über mich. na gut, natürlich will ich hinterfragen, will verstehen, was ich tu und warum, will mit mir umgehen lernen, will mich verändern. aber alle lösungen finde ich nicht an einem tag. vielleicht sollte ich mir für die offenen fragen in der zwischenzeit doch mal hin und wieder seine unbekümmertheit zu eigen machen.

aber wie schwer fällt mir das, meine fantasien so zu nehmen, wie sie sind. manches geht ja noch, aber manches...?! nicht nur, daß ich nun s e i n e geschichte übernehme - muß ich mich denn unbedingt auch noch selber als mann fantasieren ?! ich find das unter aller sau. hab ich das nötig ?!
offensichtlich ja.

aber woher soll ich auch die drehbücher zu meinen inneren filmen nehmen. was hab ich denn mein leben lang an geilen menschen gesehen, wenn nicht männer ? wo sind denn die bilder von geilen frauen ? nicht von frauen, die männer aufgeilen, sondern von frauen, die s i c h *an männern oder frauen oder sonstwas aufgeilen. wo sind die denn ? na, ein paar bilder davon hab ich schon in meiner erfahrungskiste, von mir selbst und von anderen frauen. aber wie zaghaft sind die noch.*

***

lieber gerd, jetzt isses zwar schon sehr spät, aber ich schreib dir doch noch schnell. war so'n schöner tag heute. bin spät aufgestanden, da stand die sonne schon mitten im garten. der jochen war zu hause, saß im wintergarten und hat referate korrigiert, ich hab mich dazugehockt und stoff zugeschnitten für eine neue pumphose. der jochen hat 'ne platte aufgelegt, dann kam ein wolkenbruch - es war ganz doll gemütlich, so zu zweit herumzukrosen, und mir ist zum tausendsten mal klar gewesen, daß ich auf jeden fall wieder in eine wg ziehen will. das ist so ein anderes gefühl, als wenn ich allein in meiner wohnung herumkrebse. am nachmittag war ich dann im praktikum und hab mit der neuen gruppe eine stunde tanz gemacht. auf dem rückweg nach siekum hab ich abends auf der straße hundert kleine frösche getroffen, winzigkleine biester, nicht größer als ein kleiner zeh, saßen auf dem asphalt und hoppelten hin und her. bin abgestiegen und hab das rad geschoben, damit ich keinen kaputtfahr. hab frösche ganz arg gern, weiß auch nicht warum. in siekum war das haus inzwischen voll von bewohnern und besuchern, überall saß wer rum, musik von irgendwo. hab was gegessen, bißchen gequatscht, abgewaschen, taz gelesen, jetzt isses halb eins und ich hocke hier im sessel mit dem papier auf den knien und schreib an dich und freu mich, daß es mir gut geht. mensch, drück mir bloß die daumen, daß sich an meiner wohnsituation in essen demnächst was ändert. das ist so verdammt wichtig, wie du wohnst. wenn ich jetzt in essen in meiner solo-wohnung säße, ging's mir bestimmt nicht so gut und ich würd doppelt so viel an dich denken müssen.

jetzt denk ich warm und gern an dich, immer mal so zwischendurch. manchmal, z.b. beim fahrradfahren durch die felder, stell ich mir dein gesicht vor und freu mich, daß ich's auf so viele arten erinnern kann: lachend und traurig, ernst und unsicher und in lust - hast so viel von dir sehen lassen.

hab auch noch damit zu tun, den druck abzuschütteln, den du mir machst mit deinen ansprüchen an meine liebe. aber langsam löse ich mich jetzt vom thema gerd, das so bestimmend war die ganze letzte woche, langsam rutsche ich wieder hinein in mein gewohntes leben, laß dich erstmal wieder los und denk mir: mensch, der kann mich mal, ich lieb ihn wie ich will und basta.

jetzt überleg ich grad, ob ich eigentlich angst hab, daß du dich umdrehst und gehst und *sagst: so nicht. na, wenn du gehst, dann gehst du. ich sitze hier mit der ruhigen gewißheit: ich w i l l dich, aber ich b r a u c h e dich nicht. ich brauche dich nicht, weil ich m i c h hab. und durch die begegnung mit dir habe ich mich wieder ein bißchen mehr. bin ich mir ein stück näher gekommen, bin ich schamloser geworden und damit stärker. das ist ein band zwischen mir und dir. ein dehnbares. langsam lasse ich dich jetzt wieder in die ferne rutschen. solange du in rufweite bleibst, bin ich's zufrieden.*

lieber gerd, jetzt isses halb zwei und ich sitz hier immer noch und die anderen sind inzwischen im bett und ich werd auch müde, und ich fühl mich ruhig und stark und zuversichtlich und dankbar für das, was ich mit dir erlebt habe. und fühl mich weit weg von dir und nah bei mir und erinner mich an deine augen und möcht dir durch's haar fahren zum gutenachtsagen und dir ins ohr flüstern, daß da ein gutes warmes gefühl in mir ist für dich grad eben jetzt.

***

am wochenende darauf fahre ich zum 'treffen schreibender frauen'. gehe in eine arbeitsgruppe zum thema 'erotik'.ich lese die telefonanie-story vor, schaffe das halbwegs ohne stottern und rotwerden und ernte viel beifall. ich freue mich.

vierzig frauen sitzen eng beieinander in einem raum einen ganzen tag lang und reden über erotik. am abend, wie ich allein nach hause gehe, überfällt mich das große sehnen. jetzt ein mensch in meine arme ! hunger kriecht über meine oberfläche. ich wechsle markstücke ein in einer kneipe und rufe gerd an. he du, ich hab hunger !
"vielleicht kannst du ja noch mal einen umweg über braunschweig machen, wenn du ende der woche nach essen zurückfährst," schlägt er vor. "denk mal drüber nach."
"gut, ich denk drüber nach."

und nun ? mein bauch sagt: ja ! ich bin hungrig, und im moment ist gerd mir am nächsten.

mein kopf sagt: geh nicht. du benutzt ihn. du läßt dich ein und dann gehst du fort. das macht wunden, bei dir wie bei ihm. du kannst nicht naschen und dann sagen: der kuchen ist noch ganz. es ist idiotisch, extra nach braunschweig zu fahren, nur um liebe zu machen. du fängst da etwas an, und dann hälst du es nicht durch. laß ihn, was willst du denn mit ihm, was kannst du schon machen mit ihm außer liebe ?

wenn du dich öfter trauen würdest, d i e anzumachen, die du magst, sagt mein kopf, - frauen z.b. ! - , dann wärst du nicht darauf angewiesen, d i e zu mögen, die dich anmachen.

aber jetzt kenne ich ihn schon, sagt irgendwas in der gegend meines herzens.

***

da fährt dieser zug und wirft mich meiner sehnsucht entgegen.
"komm doch," hat er gesagt.
"wenn ich mich noch mehr auf dich einlasse, gibt's ein einziges chaos," habe ich entgegengehalten.
"chaos muß sein," war seine antwort. "wenn du dich auf's chaos einläßt, findest du auch irgendwann heraus, was du wirklich willst."
"gut, ich komme," hab ich gesagt.

ich bin auf der suche nach einem paar augen, in die ich mich fallenlassen kann. und du hälst deine vor mich hin. nein, ich nehm sie nicht. du läßt mich nicht wieder hinaus, das hast du gesagt. ich mag nicht leben wie jonas im wal.

ich suche zwei augen, in die hinein ich mich auflösen kann. und fürcht mich davor. fürcht ich mich vor der wolke, aus der ich herabregnen werde, nachdem ich verdunstet bin in deiner wärme ? ich weiß nicht, wovor ich mich fürchte.

meine gefühle sind sausend schnell ins kraut geschossen, als ich zu dir kam. seitdem steh ich da mit der heckenschere. möcht sie zurückstutzen in meinen alltag hinein. und finde kein maß.

und möchte lieben bis zum wahnsinn. den einen moment der wahrheit suchen, den moment, unter dem a l l e s verschwindet. auf den trip gehen mit dir, weit hinaus. bis an den punkt, wo die parallelen sich schneiden.

und was, wenn ich auf dem weg dorthin deine spur verliere ? wie weit gingst du mit ? ist meine panik wirklich immer nur die angst, allein zu bleiben ? was, wenn ich's wirklich drauf ankommen ließe, wenn ich mit dir zusammen weit hinausflöge, wenn ich es wirklich versuchte ? was, wenn du mich nicht erkennst ?

dann gehe ich.

***

wir gehen miteinander um wie leute, die sich bereits das x-te mal sehen. alles ganz locker. wir kennen uns ja. wir reden und lachen, wie sich das gehört. wir setzen uns in ein restaurant und essen mit messer und gabel. da gibt's so vieles, über das mensch reden kann, das nicht jetzt und hier ist.

wir machen auch pläne.
"du hast doch gesagt, du würdest gern mal nacktfotos machen. ich denke, ich kann einen fotoapparat ausleihen für morgen," schlägt gerd vor.

ja, stimmt, hab ich gesagt. würde ich auch gern. habe ich schon seit jahren im hinterkopf, daß ich mich gern mal nackt auf'm papier sehen würde, von oben bis unten und von allen seiten, ohne je ernsthaft in erwägung zu ziehen, es auch zu realisieren. ja, würd ich wohl gern. aber dafür müßte ich mich wohlfühlen. und jetzt fühl ich mich ziemlich wirr, mit meiner sehnsucht nach der alles auflösenden extase unausgepackt in der jackentasche und meiner pizza auf'm teller und seinen augen die irgendwo über'n tisch weg fliegen und nach denen ich jetzt gar nicht suchen mag.

während gerd schon die technischen details überlegt, beleuchtung und so... - merk ich verstört, daß ich gar nicht nein gesagt habe und schiebe schnell ein, daß das für mich nicht ganz so einfach sei mit dem knipsen, weil ich das noch nie gemacht habe, und dann rede ich mir gut zu, daß ich ja vielleicht bis morgen in der passenden stimmung bin, und dann haben wir immerhin was miteinander vor, und sowieso wollt ich's ja immer schon mal...

wir fahren nach hause. im garten gibt's erdbeeren, ich pflücke zum nachtisch eine schüssel voll. gerd will keine, sagt, daß er sie nicht verträgt.
"aber laß mir e i n e übrig, ja ?"
ich lasse eine in der schüssel liegen.

es ist schon spät und wir gehen bald ins bett.

wie vertraut mir diese umgebung jetzt schon ist. alles wie selbstverständlich. kaum ein gedanke mehr jetzt an grenzensprengende sehnsüchte. mein herz klopft sacht im takt banaler alltagsplauderei. beiläufig beginnen unsere häute, sich aneinander zu reiben. gerd wechselt den platz, hockt sich zwischen meine beine, schaut sich versonnen meine möse an.
"wo hast du die erdbeerschüssel gelassen ?" fragt er.
"steht dort auf dem tisch."
er holt die letzte erdbeere heraus, setzt sich wieder vor mich hin.
"eine große rote klitoris," sagt er und hält die beere zwischen daumen und zeigefinger.
"paß mal auf, was ich damit mache."
"was hast du vor ?"
er lacht.
"wart mal," und fummelt mir zwischen den lippen herum.
"was machst du denn da ?"
"wart doch mal ab... " er stubst mit der zunge nach. "so, jetzt sitzt sie." schaut sich's an und schwups, saugt er die erdbeere wieder heraus. spuckt sie aus, nimmt sie und füttert sie erneut in meinen venusmund. und wieder heraus und wieder von vorn.

ich schaue skeptisch zu. was wird denn das wenn's fertig ist ? ganz geheuer ist mir das nicht. aber in der verwaschenen stimmung, in die ich mich hab rutschen lassen seit ich *hier bin, weiß ich eh nicht mehr, was i c h will. und wenn's ihm spaß macht. ich laß ihn machen.*

er schiebt das rote ding tiefer hinein, muß stärker saugen, um es wieder rauszuholen.
"hey, nicht so weit !"
"laß mal, die kommt schon wieder."
und dann ist sie plötzlich futsch.
"hey, ich krieg sie nicht raus, wenn du dich verkrampfst."
"hol sie raus !" ich werde unruhig.
er spürt mit dem finger nach.
"ich fühl sie, aber du bist jetzt ganz eng, da krieg ich sie nicht durch."
scheiße ! ich kriege die panik. ich will nicht diesen fremdkörper in meinem bauch ! wenn das ding nun nicht mehr rauskommt ! schneller als mir selbst geheuer ist gerate ich auf den horrortrip. wie schnell fangen erdbeeren an zu faulen ? ich sehe millionen von bakterien in meiner scheide ein gelage halten. du lieber gott, das kann doch nicht da drinnen bleiben !
"gerd, hol das raus !"
gerd puhlt und puhlt. ich sehe mich schon beim frauenarzt, beine breit auf'm stuhl und so ein grinsender weißkittel zwischen meinen knien: 'na, wie haben sie denn d a s gemacht, junge frau !' oh scham ! warum habe ich nicht gleich stop gesagt ! aber warum macht mich diese fremdkörper-invasion eigentlich so verrückt ? ich werde so flatterig, daß es mir schon selber übertrieben vorkommt.

"du bist völlig verkrampft, so hat das keinen zweck." gerd gibt sein bemühen auf. "wenn wir sie nicht g a n z rauskriegen, kann man sie auch zerdrücken, dann haben wir eben erdbeersaft," versucht er zu trösten.
"ich kann das einfach nicht haben," sage ich jämmerlich und lehne mich an seine schulter. so hilf mir doch. ich gebe mir alle mühe, mich zu entspannen. das ding muß raus.
"komm, versuch's nochmal," sag ich und knie mich hin. gerd sucht und wühlt. es tut weh. mir ist alles egal. das ding soll raus ! endlich hat er's geschafft.
"guck mal, was ich hier habe," grinst er und hält mir seine hand hin. ich drehe den kopf weg. laß mich bloß in ruhe.

"das ist typisch," sagt er später. "einen schwanz läßt du noch rein, den kannst du ja jederzeit wieder rausschmeißen. aber so'ne kleine erdbeere, die kannst du nicht mehr beeinflussen. du mußt immer die kontrolle behalten, sonst wirst du panisch."
ach, laß mich doch in ruhe ! ja ja ja, vielleicht hast du recht, aber wenn du dreimal recht hast - ich will das jetzt nicht !

alles läuft schief dieses mal. am nächsten morgen beim aufstehen haben wir lust aufeinander. aber es ist keine zeit, er muß zur arbeit. "da können wir ja heute nachmittag weitermachen." aber wie ich den vormittag über allein bin, geht mir alle lust flöten.

ich will weg hier. ich gehe in die stadt und komme erst am nachmittag wieder.

gerd hat inzwischen die kamera geholt. aber mit der beleuchtung klappt es nicht. also fahren wir raus in den wald. wie wir im wald sind, ist mir aber überhaupt nicht nach strippen zumute. zu meiner erleichterung fängt's an zu regnen. wir fahren wieder nach hause.

gerd will was zu essen machen.
"hast du hunger ?" fragt er.
"ja," sage ich. aber als das essen fertig ist, habe ich bauchschmerzen und kriege nichts runter. gerd schaut mich an.
"nun sag schon, was los ist," sagt er gereizt.
ich stochere mit der gabel im blumenkohl, als sei dort die antwort versteckt. ich fühle mich elend. zögernd hebe ich die augen und mache mich auf den weg zu seinem gesicht.
"du bist so weit weg... ich weiß gar nicht, wie ich hinkommen soll zu dir. seit ich hier bin, laufen wir ständig drei schritte aneinander vorbei... "
"ja," sagt er, "du bist nicht wirklich hier, und ich baue mauern, um mich zu schützen. ich weiß nicht, welches spiel du mit mir spielst. ständig rufst du mich, und wenn ich komme, drehst du dich um... "
ich starre aufs tischtuch.
"du hast ganz tiefe wünsche in mir geweckt," sage ich schließlich, "aber ich weiß nicht, wieviel davon ich wirklich mit dir ausleben

will." spiele ich ein spiel mit ihm ? ich weiß überhaupt nichts mehr. was will ich denn, ich will weg, ich will seine augen, ich will ihn, ich will hinaus, wohin denn, ich fange an zu weinen, nichts geht mehr.

ich wische die tränen fort, wir schauen uns an. ich bin ein einziges fragezeichen. ich sehe nichts mehr. zwischen uns quillt schweigen auf.

nichts geht mehr. ich stehe auf und gehe nach nebenan. schmeiß mich auf's sofa und heule. hoffentlich kommt er nicht nach. nein, ich höre ihn abwaschen.

und jetzt ? ich hole das buch hervor, das ich heute nachmittag im frauenbuchladen gekauft habe, strecke mich auf dem sofa aus und beginne zu lesen. später kommt er rüber und macht den fernseher an. ich halte mir die ohren zu und lese weiter.

den ganzen abend lang fällt kein wort mehr zwischen uns. erst weiß ich nicht, wie ich das schweigen aushalten soll, aber allmählich gewöhne ich mich daran. es stört mich nicht mehr, als mir klar wird, daß es stimmt. ich will ihn nicht mehr erreichen. nicht jetzt. erstmal wieder bei mir selbst ankommen. und ich habe glück: das buch, das ich lese, führt mich auf meine spur. "marie" von alexandra von grote - die geschichte zweier frauen, die sich *plötzlich begegnen, sich heftig lieben und sich bald wieder trennen. so möchte ich lieben, denke ich, bedenkenlos und ohne rückversicherung. an einem satz bleibe ich hängen: "... und ich habe begriffen, daß ich mich nicht verliere, wenn ich mich verliere." nein, das habe ich noch nicht.*

am morgen bringt gerd mich zur bahn. es sind kaum mehr worte übrig geblieben zwischen uns. er steht neben mir auf dem bahnsteig, zündet sich eine zigarette an.
"so wie's gelaufen ist, läuft's nicht," sagt er gequält.
was ist das, 'es', das da nicht läuft ?
streichst du mich jetzt aus deiner liste: wieder nix ? eines tages werde ich wiederkommen, eines tages werde ich der sturm sein, werde dich mit mir wirbeln hoch hinaus und dich nieder lassen wenn ich über den berg verschwinde.
eines tages -
"ich find's auch nicht toll wie's is, aber ich weiß jetzt erstmal nich weiter," sage ich.
dann kommt der zug.

4. "weggehen um anzukommen"

lieber gerd, ich sitze hier bei gerda in münchen und du bist weit weg. eine erinnerung in meinem kopf, eine figur in der geschichte, die ich schreibe. dein foto vor mir auf dem schreibtisch rückt dich auch nicht wirklich näher. was machst du grad ? doch wahrscheinlich würd's mich nerven, wärst du jetzt hier.

heute habe ich die wohnung ganz für mich. habe die ganze nacht zum schreiben. ich suche in meinem kopf nach dir. wo bist du jetzt wirklich ?

in der letzten zeit fantasiere ich viel von dir. hole dich zu mir, wenn ich mich liebe. in der letzten zeit habe ich manchmal mit anderen menschen unter einer decke geschlafen. habe dich auch dann oft zu mir geholt, wenn ich zu mir kam. seit einigen tagen wünsch ich mir, dich wiederzusehen. möchte die bilder wieder lebendig machen, die du hinterlassen hast in meinem kopf. weiß nicht, ob das ginge. nichts läßt sich wiederholen.

was du in mir angezündet hast, glimmt weiter. während ich mich mehr und mehr von dir entferne, komme ich allmählich bei mir an. in den nächsten wochen werde ich meine geschich-

te mit dir zuende aufschreiben.

ich möchte einen gruß rüberschicken bis dort, wo du wohnst. und habe das gefühl, daß ich es kaum kann, jetzt. du hast mich sehr berührt, habe ich damals zu dir gesagt. bin dann wieder berührungsscheu geworden da drinnen. das schreiben hat was von regeneration.

ich möchte dich wieder berühren, irgendwann, an irgendeiner stelle, da, wo es dann stimmen wird. ich möchte, daß wir freunde bleiben.

einen teil von dir habe ich sehr lieb.

ich schick dir die geschichte, wenn sie fertig ist.

ich grüß dich.

***

zwei monate lang bin ich auf reisen. zu beginn dieser zeit starte ich mit hanno zu unserer lang geplanten kopenhagen-reise. wir wollen zum festival of fools und haben zwei wochen zeit, sind aber schon nach fünf tagen wieder zu hause. zunächst begreife ich überhaupt nicht, was schief gelaufen ist. wir fahren gutgelaunt los, aber vom zweiten tag an redet hanno nur noch davon, daß er lieber zu hause wär. ich argwöhne konkurrenz zu seiner neuen freundin, die inzwischen eindeutig wichtiger *ist als ich, aber er behauptet, das wär's nicht. was es aber ist, darüber vermag er nur wenig einleuchtende auskünfte zu geben. als mir sein gequängel zu viel wird, trete ich mit ihm enttäuscht und verärgert die rückfahrt an und fahre allein in andere richtung weiter.*

hanno verspricht, von sich hören zu lassen. und meldet sich wochenlang nicht. ich begreife allmählich, daß er sich meilenweit vor mir verkrochen hat und trauere mir einen teil meiner liebe vom leibe. mit dem rest hake ich gelegentlich nach und reserviere ihm einen rest geduld, bis er viele wochen später die auseinandersetzung mit mir wieder aufnimmt. was ich dann durch briefe und gespräche von ihm erfahre, bestätigt meinen verdacht, daß er einer von jenen soften männern ist, die vom gefühligen her überdurchschnittlich genießbar sind, sobald es aber irgendwie knifflig wird, panisch reagieren und sich verkriechen. ich habe keine lust, ihm hinterherzulaufen. ich bin sauer, daß er wegrennt und mich allein läßt. wenn er sagt: "ich weiß selber nicht, was los ist," sage ich: "umso schlimmer." wenn er sich versteckt, mag ich ihn nicht suchen. wenn er sich einen nebel im kopf macht, kann ich nicht für klares wetter sorgen. ich bin nicht seine entwicklungshelferin.

ein bißchen bin ich erstaunt darüber, wie relativ leicht es mir fällt, ihn loszulassen. kann's immer noch kaum glauben, daß die zei-

ten, in denen ich mich jahrelang an hoffnungslose lieben geklammert habe, seit einiger zeit tatsächlich vorbei sind. seit der zeit nämlich, als ich begonnen habe, meine wünsche endlich ernst zu nehmen und gelernt habe, meine neu entdeckte fähigkeit zur wut als sprungbrett raus aus den morschen beziehungskisten zu benutzen.

mit einem guten rest sympathie versehen motte ich die akte hanno für's erste ein. wiedersehen werde ich ihn ganz bestimmt. irgendwann. was dann sein wird ? keine ahnung. wir werden uns nicht vergessen haben.

***

zwei monate reisen. von gerd höre ich während dieser zeit nichts. ist mir auch recht. habe genug damit zu tun, das aufzuräumen, was seit braunschweig in mir herumpurzelt. einiges liegt mir im magen seitdem, stößt mir wieder und wieder auf. in diesem nebel, in den ich mich hineinmanövriert habe zuletzt, will ich nicht steckenbleiben. was war los mit mir ? wie immer, wenn ich konfus bin, fange ich schließlich an zu schreiben. kippe den gefühlsmatsch durch den sprach-filter und guck mir die brocken an.

ich beschließe, den versuch zu wagen, ein buch draus werden zu lassen und fahre für drei wochen auf's land, schreibe tage- und nächtelang und schaue fasziniert zu, wie der ganze wust, das ganze wirre knäuel gefühl sich allmählich entzaust und schließlich ordentlich aufgespult vor mir auf dem schreibtisch liegt.

dann ist der sommer auch schon beinahe vorbei und ich muß zurück nach essen.

wie ich nach hause komme, liegt ein kurzer brief von gerd im kasten. "ruf mal an !" steht drin. klar, will ich sowieso.

"willst du nicht mal nach essen kommen ?" frage ich ihn. er will. über's wochenende, in vierzehn tagen.
"die geschichte ist fertig," sage ich, "und ich möchte mit dir darüber reden."
"ich will aber nicht nur r e d e n ...," gibt er zurück.
nein, ich eigentlich auch nicht. aber wer weiß. so lang ist das her, daß wir uns gesehen haben. bin ein gutes stück weg weitergegangen inzwischen und habe keine ahnung, was sich bei ihm in der zwischenzeit ereignet haben mag. habe überhaupt keine vorstellung davon, was zur zeit möglich sein mag zwischen uns und was nicht.
"gucken wir halt mal, wie's wird," bleibe ich vorsichtig. "ich will dich jedenfalls wiedersehen, und ich will mit dir die geschichte bequatschen, das ist das einzige, was ich jetzt sicher sagen kann - und wie's sonst wird, das werden wir ja dann sehen... "

***

nachdem ich den hörer aufgelegt habe, fange ich an, mich auf ihn zu freuen. neugierig bin ich auf ihn. ich stelle ihn mir vor, wie er unten klingeln wird, wie er die treppe heraufkommen und zur tür hereinkommen wird. und werde ganz heiß dabei. ziehe mich aus und widme ihm einen gedächtnis-orgi. und eine stunde später noch einen. und am abend noch einen. du liebe güte, ich bin ja ganz aus dem häuschen. so oft hab ich's ja an einem tag noch nie mit mir getrieben.

im laufe der nächsten woche gewöhne ich mich daran, abends vor'm einschlafen an gerd zu denken. mir schon mal einen vorschuß auf seine wärme unter meiner bettdecke vorzufantasieren. ganz schön fröstelig ist es mir, nach so langer abwesenheit wieder in meinem eigenen bett zu liegen. zuerst das praktikum und dann die ferien: ein vierteljahr insgesamt bin ich nicht in essen gewesen. jetzt hocke ich wieder in dieser häßlichen stadt, die mir in der kurzen zeit, die ich hier erst wohne, noch wenig lieb geworden ist, hocke in meiner zweizimmer-wohnung unter'm dach und niemand vertrautes in greifbarer nähe. jetzt bedrängt mich wieder die alltagshektik, die arbeit, der lärm der stadt - umso schwerer zu ertragen jetzt nach so langem reisen, nach so viel auf-dem-land-sein, nach so viel bei-freunden-wohnen oder für-mich-sein-und-ruhe-haben. da grabschen meine gedanken vor dem einschlafen in richtung wärme und ruhe, da flattert meine sehnsucht auf's übernächste wochenende zu, da fange ich an meine wünsche zu stapeln, stück für stück: wärme, streicheln, geilsein, vertrautsein, sich ausruhen und sich erregen - all das, was ich im moment nicht habe, das hänge ich gerd nun an. er soll kommen, er soll's mir geben, ach wär er doch schon hier !

einige tage lang geht das so, dann rufe ich mich zurück: so geht das nicht ! wünsche stapeln ist nicht gut, das weiß ich längst. solche berge brechen zusammen. oder der, der sie abtragen soll, bricht darunter zusammen. und sowieso: mit der vorfreude auf gerd sollte ich hübsch vorsichtig sein. daß wir zwei nicht in der verfassung sind, einander die ganz vielen wünsche zu erfüllen, ist eh schon klar.

um mein alltägliches lust- und wärme-defizit zu beheben, muß ich andere wege gehen. ich schaue mich um: was kann ich für mich tun ? ich hänge in buch- und bioladen neue zettel auf: 'frau sucht platz in wg.' dann murkse ich tagelang am entwurf einer kontaktanzeige herum: frau sucht frau... und schicke einen der entwürfe endlich los. habe ich noch nie gemacht. aber wenn auch svende merian die märchenprinzen per anzeige sucht, kann ich mich sowas ja eigentlich auch mal trauen.

wenn ich bewußt auf suche gehe, suche ich immer frauen. verstehe sowieso nicht recht, wieso ich seit einem halben jahr nun plötzlich nur noch mit männern zu tun habe. merkwürdig war das: der hanno lief mir zu einer zeit über den weg, als ich grad dachte, ich stünde nun doch endlich vor der grundsatzentscheidung, es mit männern gar nicht mehr zu versuchen. und da kam er und warf alles über'n haufen. und kurz darauf der gerd. aber stimmt nicht: von wegen 'alles über'n haufen'. o f f e n e r bin ich geworden durch diese begegnungen, wieder offener für männer und endlich auch offener für die 'männlichen' anteile meiner eigenen sexualität. aber kein bißchen zu für frauen bin ich dadurch geworden. was nähe zu sich selbst, lebendigkeit und auseinandersetzungsfähigkeit betrifft, so traue ich vielen frauen immer noch eine menge mehr zu als den allermeisten männern.

es tut mir gut, mit aushang und annonce konkrete schritte zu tun, um mich in essen wieder anzusiedeln. aber auf gerd freue ich mich immer noch ein bißchen zu doll. da kriegt er kurz bevor er kommen will eine grippe und wir müssen unser treffen auf ein wochenende später verschieben. erst bin ich ganz enttäuscht, dann entschließe ich mich, das für einen wink des schicksals zu halten und nehme mir vor: dann will ich dieses wochenende aber mal ein paar neue leute kennenlernen. was natürlich wieder mal nix wird. das konzert, zu dem ich gehe zum leute-gucken, ist fast ausschließlich von teenies besucht, und ich frage mich zum x-ten mal, ob denn wirklich alle leute in meinem alter zu hause mit kind und kegel in ihren beziehungskisten hocken.

immerhin, bis gerd nun wirklich kommt, habe ich mich wieder einigermaßen auf mein leben in essen eingelassen und die vorfreude hat sich gemeinsam mit der skepsis auf ein maß eingependelt, bei dem ich mich wohlfühle.

es ist die gleiche mischung aus geilheit, gernhaben und verschiedensein, die mich damals in braunschweig so verwirrt hat, mit der ich ihn nun wieder erwarte. aber eins ist anders als damals: ich habe in der zwischenzeit meine konfusion verdaut, ich weiß wieder, was ich will: geilheit und gernhaben ausleben so sehr es nur geht - und dann dem verschiedensein raum geben und wieder auseinandergehen. ins volle greifen und zur rechten zeit wieder loslassen. ich weiß, das ich's will. ich weiß, daß ich's nicht immer gut kann. ich weiß, daß mensch das lernen kann. ich habe im augenblick keine angst vor konfrontation. ich habe im augenblick keine angst vor'm alleinsein. habe beim reisen wieder ein paar gute erfahrungen mit dem alleinsein gemacht. und ich habe eine menge für ihn übrig. ich onanier ihm entgegen und genieße meine fantasien in der ruhigen gewißheit, daß es ohnehin alles ganz anders laufen wird als ich es mir vorstelle. tut es immer. ich werde mich überraschen lassen.

***

die überraschung, die mich erwartet, ist allerdings eine, auf die ich ganz und gar nicht gefaßt bin. wie wir freitag abend im griechischen restaurant beim essen sitzen, erzählt er mir, daß er häufig mit frauen dann am besten auskomme, wenn er sexuell nichts mehr von ihnen wolle und sich die beziehung auf eine freundschaftliche ebene einpendele. daß ihm klar sei, daß er von mir nicht das bekomme, was er suche. daß er mehr abstand von mir brauche, um emotional nicht ins schleudern zu geraten. daß er eine freundschaftliche beziehung zu mir behalten möchte. wenn er sich auf mehr einlasse, dann säße er hinterher wieder da und müsse trauern, und das wolle er nicht.

schluck. ich sitze da und höre zu. sehe ihn sachte nach rückwärts weggleiten, wie von einer unsichtbaren drehbühne fortgetragen, außer reichweite geraten. spüre von hinterrücks trauer über mich hereinrieseln. du magst nicht um uns trauern, so muß i c h es jetzt also tun.

"damit habe ich ja nun nicht gerechnet," sage ich, "am telefon neulich hörte sich das noch ganz anders an."
"naja, das ist meine geilheit, die kommt mir dann manchmal so dazwischen," erklärt er.
drei arten von beziehungen zu frauen gibt es für dich, klamüsere ich mir an diesem abend heraus aus dem, was du erzählst: 1. beziehungskisten mit deckel und sicherheitsschloß, also

mit ausschließlichkeitsanspruch und zukunftsgarantie; unter dieser bedingung bist du bereit, schwanz u n d herz zu riskieren.
2. frauen, mit denen du sehr gut deine geilheit ausleben kannst, von denen du aber von vorneherein weißt, die werden dich nicht sehr lange interessieren. und 3. 'freundschaftliche' beziehungen, wo du zwar ein stück herz investierst, aber sonst nicht viel körper einbringen magst. so weit, so schlecht. so normal.

"diese trennung zwischen liebesbeziehung und freundschaft ist etwas, was ich überhaupt nicht mehr will !" versuche ich mich zur wehr zu setzen. "früher habe ich das auch so getrennt, aber je lebendiger ich geworden bin, desto weniger ist das gegangen."
"ich kann meine gefühle nicht vergewaltigen, indem ich sage, ich lasse mich jetzt doch auf sexualität mit dir ein," sagt gerd.
"naja gut, aber i c h habe gemerkt, daß ich mich vergewaltige, wenn ich diese trennung zwischen liebhabern und freunden mache. meine gefühle bewegen sich nicht in solch säuberlich getrennten kategorien."

aber was soll's. hätte ich mir das nicht eigentlich denken können. was hab ich denn bloß erwartet ?... mein verständnis schlurft seinem fluchtweg hinterdrein. habe ich es denn wirklich für möglich gehalten, daß er mir zuliebe sein liebeskonzept von heut auf morgen hätte ändern können, daß er sicherheitsbe-

dürfnisse und eheambitionen schnurstracks an den nagel hängt ? kann ich's ihm verdenken, wenn er sich durch distanz zu schützen sucht ? was hab ich denn anderes gemacht in braunschweig zuletzt, als es m i r zu brenzlig wurde ? bin ich doch auch nach hinten weggeflutscht.

jetzt bin ich alle seine kategorien einmal durch, denke ich und rekonstruiere meine karriere: mit nr. 2 haben wir am telefon unverbindlich angefangen, dann habe ich nr. 1, die 'frau für's leben', ausgeschlagen, und nun trägt er mir die geschwisterliche nr. 3 an. daß er mich auf nr. 2 zurückstufen könnte, damit habe ich ja noch gerechnet. aber daß er jetzt einen auf platonisch machen will... das nimmt mir allen wind aus den segeln. traurigkeit hängt sich wie ein federleichter mantel über meine schultern.

aber so richtig sickert seine botschaft noch gar nicht zu mir durch. ich schlucke das erstmal unzerkaut. das wird noch eine weile dauern, bis ich's verdaut habe.

das wird ja eine schwierige nacht, denke ich auf dem heimweg. jetzt verstehe ich auch, warum er matratze und decken hinten im auto liegen hat.
"kannst es ja vorläufig erstmal mit meinem bett versuchen, bevor du dich da reinklemmst," spöttele ich.

"ja, dein bett ist ja breit genug."

den übergang ins bett schaffen wir mit hilfe der fotos für's lust-und-liebe-lesebuch, an dem ich arbeite. ich krame die mappe hervor und krieche damit unter die ihm zugedachte bettdecke. solange wir fotos begucken, werde ich ja noch mit ihm unter einer decke liegen dürfen. er legt sich dazu. ich zeige ihm, was ich aus den einsendungen herausgesucht habe, aber allzu viel erotik ist auf den fotos nicht. "ich bin etwas enttäuscht von dem, was bis jetzt zusammengekommen ist," erkläre ich, "die hundert landschaften und meeresbrandungen habe ich schon alle raussortiert."

gerd stöbert in den bildern. ich rücke ein paar centimeter näher, lehne meinen kopf an seine schulter. noch ein paar centimeter, noch ein bißchen mehr berührungsfläche. mir ist nach schmusen. kann das denn sein, daß er wirklich gar keine lust hast, mich zu berühren ? ich schiebe meinen arm sachte unter seinen. nix. er rührt sich nicht. wehrt aber auch nicht ab. blättert in den fotos, auf deren mehrzahl die fotographierte lust grad so geschwisterlich keusch ist wie unsere momentane lage.
"ich möchte mit dir schmusen," sage ich und stubse ihn an.
"was meinst du denn damit ?" fragt gerd zurück, "was willst du denn genau ? möchtest du zärtlichkeit, oder vertrautheit, oder bist du geil,

oder was willst du ?"
ich überlege.
"nee, geil bin ich im moment nicht. ich möchte wärme... sowas wie in berührung kommen miteinander... "
"das ist glaube ich genau das, was ich dir im moment nicht geben kann," sagt gerd.
"hm." ich rutsche wieder ein paar centimeter weg.

nach einer weile drehe ich mich um, kehre ihm den rücken zu und rolle mich zusammen. was mach ich nun ? so dicht neben ihm kann ich jedenfalls kein auge zu tun. auf eine schlaflose nacht habe ich nun wirklich die geringste lust. ich sollte mein bett besser im nebenzimmer aufschlagen. dann kann ich wenigstens ruhig pennen.
"willst du schlafen ?" fragt gerd in meinem rücken.
"nee... " ich drehe mich wieder zu ihm. "ich fühl mich unsicher im moment, deswegen hab ich mich weggerollt. weil... der abstand, den wir im moment hier haben, stimmt für m i c h überhaupt nicht. ich glaube, ich gehe lieber rüber ins andere zimmer und schlafe dort."
davon ist er nun gar nicht erbaut. ich soll ihm kein schlechtes gewissen machen.
"mach ich nicht ! aber ich will jedenfalls schlafen können, und so kann ich's nicht."
er protestiert weiter.
"hör mal," sage ich, "das ist keine bestrafung und gar nix. das ist nichts anderes als was

du auch machst: ich krieg nicht, was ich suche, und daraufhin suche ich mir eine distanz, in der ich's aushalten kann."
"da ist was dran," sagt er und läßt mich ziehen.

dann liege ich im nebenzimmer, eingerollt in meinen geliebten schlafsack, und kann doch nicht einschlafen. ein guter schlafsack ist ein halbes zuhause, denke ich mir zum trost, aber heute nützt dieser satz auch nichts. die traurigkeit holt mich ein. nicht weil ich mich allein fühle, bin ich traurig. das ist nicht dieses verlorenheitsgefühl, dieses keiner-liebt-mich, das ich gut kenne. das ist etwas anderes, ein schmerz der sich anders anfühlt, ein herbstlicher schmerz, der mich trifft vor der zeit, ein loslassen von möglichem, ein abblättern von kraft, eine wärme, die plötzlich über-flüssig geworden ist zu einem tränenstrom.

aber die tür zwischen den beiden zimmern läßt sich nicht schließen wegen des teppichs, der dazwischen liegt, und den teppich extra hochzurollen um die tür zu schließen erscheint mir ein zu grober angriff auf gerd's empfindlichkeit, und so gebe ich mich in dieser nacht nicht einmal mir selber hin in meinem schmerz und weine nur eine verhaltene runde ins kissen. was zur folge hat, daß ich die nacht hindurch alle naselang wieder aufwache mit immer denselben kreiselnden gedanken in meinem hirn:

suche ich vielleicht wirklich etwas, das nicht geht ? ist mein liebeskonzept nicht beschissen schwierig ? was nützt es mir, wenn ich's irgendwann packe, schwindelfrei zu lieben, und finde niemanden, der/die mitmacht ? ist ja nicht das erste mal, daß mir jemand die lektion erteilt: liebe gibt's nur in der familienpackung.

am morgen wache ich auf, gerädert und sauer. wie hab ich's neulich gelesen: 'wer nicht leiden will, muß hassen.' dieser arsch der. hätte der sich das nicht früher überlegen können und mich vorwarnen können, bevor er herkommt ! hätt der nich'n bißchen klarer sein können von voneherein ! is doch'n ding: sitzt dir der mann gegenüber, der dich so spitz gemacht hat wie kaum jemand zuvor, und will plötzlich nur noch platonisch mit dir verkehren. so'ne scheiße ! wenn ich was hasse, dann sind's plötzliche rückzüge aus heiterem himmel.

naja, aber so heiter war der himmel ja nicht gewesen, nich ?... und bin i c h denn etwa klarer gewesen im ankündigen meiner wünsche ? was hab ich zu ihm gesagt am telefon: 'mal sehn' und 'ich möchte mit dir meine geschichte besprechen'. mehr nicht. ganz schnell geht meinem ärger die puste aus. ist ja auch wirklich nicht so, daß ich ihn nicht verstehen könnte. und wenn ich was bestimmt n i c h t will, dann ist es das, ihn zu irgendwas 'rumzukriegen' oder ihn für seinen rückzug zu 'be-

strafen'. nein, das wirklich nicht.

aber jetzt rübergehen und ihm einen guten morgen wünschen ? schaff ich nicht. ich bleibe lieber noch was liegen. eine weile später kommt er rüber, kramt in seiner tasche rum, die hier steht, fragt, wie's geht.
"nicht gut," sage ich einigermaßen freundlich.
er geht in die küche.
"soll ich dir auch ein stück apfelkuchen mitbringen ?" fragt er.
"oh ja."
er kommt mit dem kuchen wieder.
"kalt isses hier," sagt er und verzieht sich wieder.
"warte, ich komme mit zu dir rüber."
ich schäle mich aus dem schlafsack und krieche zu ihm unter die decke. da liegen wir und mampfen kuchen. gerd steht auf, um musik aufzulegen. sucht eine kassette von tangerine dream heraus.
"oh nein, bitte nicht," sage ich, "sonst liege ich hier gleich und heule." solche sphärenklänge kann ich in so'ner heiklen stimmung nicht vertragen. er legt was anderes auf. aber auch da kommt nach einer weile ein lied, das mich an eine verflossene liebe erinnert, und dann heule ich doch.
"du setzt mich ganz schön unter druck," beklagt sich gerd.
"tu ich nicht ! ich heule nicht, um dir'n schlechtes gewissen zu machen, sondern ich heule, weil ich traurig bin. setz du mich mal

nicht unter druck, daß ich dir zuliebe nicht mehr heulen darf !"
"ich habe gedacht, man könnte vielleicht mal ein wochenende verbringen, o h n e ständig probleme zu wälzen," stöhnt er.
jetzt werde ich sauer.
"ich könnte mir auch was schöneres vorstellen," fauche ich, "aber wenn probleme da sind, dann muß man sie auch wälzen, verdammt nochmal !" etwas freundlicher versuche ich zu vermitteln: "mensch, guck mal, ich war da wirklich nicht drauf gefaßt, daß du so auf abstand gehst. das muß ich doch erst mal verdauen."

dann pendelt es sich langsam ein. wir liegen nebeneinander und reden über dies und das.
das wetter verlockt nicht zum aufstehen, sieht ziemlich grau aus. ist eigentlich ganz schön im bett.
"hast du einen arm für mich übrig ?" frage ich irgendwann. er hat. ich lege meinen kopf in seinen arm.
"darf ich meinen arm um deinen bauch legen ?" ich darf. ich lege meinen arm um ihn. so schön warm. nach einer weile lasse ich meine hand sachte über seinen bauch gleiten, dann auch mal hinunter bis zum oberschenkel. er rührt sich nicht einen millimeter. dann steckt er sich eine zigarette an. ich ziehe meine hand wieder zurück. warum zieh ich mir diesen frust rein ?
"sollen wir aufstehen ?" frage ich abrupt.

"ja, warum sollten wir auch im bett bleiben, wenn wir nicht miteinander schlafen," sagt er ironisch, "das kommt mir bekannt vor: wenn du die frau nicht ficken kannst, stehste eben auf... "
o.k., das brauchst du mir nicht zweimal zu sagen. natürlich bleibe ich liegen. das kann ich ja nicht auf mir sitzen lassen, daß ich nichts besseres bringe als 'nen puren rollentausch.
"ich kann mir im moment nichts gemütlicheres vorstellen als hier im warmen bett zu liegen," sagt gerd, raucht weiter und guckt aus dem fenster. na gut. schön warm isses ja. also plaudern wir weiter.

aber alle viertelstunde wieder hat mich seine wärme so aufgeheizt, daß ich näher rücken möchte. versuch's immer mal wieder ein paar centimeter weit und nehme erneut abstand angesichts seiner unentflammbaren freundlichkeit. eine ganze zeit später bin ich dann doch die erste, die aufsteht.

im laufe des tages pendele ich mich schließlich ein auf sein maß: locker, freundlich, vertraut - aber bloß nicht zu frontal. es geht, stelle ich beruhigt fest. aber es ist nicht besonders aufregend. mit der zeit finde ich's langweilig.

"was willst du eigentlich von mir ? warum bist du hergekommen ?" will ich von ihm wis-

sen.
"ein angenehmes wochenende mit dir verbringen," sagt er. ach nee. aber mit einem mulm im magen sei er hierher gefahren, hat er irgendwann erwähnt.
"locker-flockig-oberflächlich, ein nettes wochenende - das ist nicht die ebene, auf die ich mich mit dir einstellen mag," sage ich bestimmt.
"jetzt möchte ich mal eine ganz ehrliche antwort von dir," sagt er unvermittelt.
"kriegst du."
"willst du, daß ich abfahre ?"
ich überlege. das nein geht mir nicht so schnell über die lippen, aber ein ja ist es jedenfalls auch nicht.
"kann sein, daß ich es in ein paar stunden will, aber im moment will ich's nicht. - und du ?"
"ich bin so unentschieden," sagt er. "vom gefühl her möchte ich eigentlich weglaufen. aber ich laufe jetzt nicht weg, ätsch."
"wegen mir kannst du wirklich bleiben."
"ich hab das ätsch zu mir selbst gesagt. denn normalerweise lauf ich eher weg. aber in letzter zeit mach ich öfters mal das gegenteil von dem, wonach mir zumute ist."
"ich denke, was jetzt hier abläuft, ist ziemlich ähnlich wie damals in braunschweig," sage ich. "wir finden keinen gemeinsamen nenner für unsere wünsche und gehen wechselweise auf rückzug. aber gut ist, daß wir uns jetzt immerhin deutlicher verhalten."

"was ich auf jeden fall noch gern tun möchte, ist, die geschichte mit dir durchzugehen, wenn du magst," melde ich ein bedürfnis an. gerd setzt sich an den schreibtisch, um sie nochmal durchzulesen und die stellen rauszusuchen, an denen er kritik hat, während ich mir was zu arbeiten hole und mich mit meinem kram auf's bett verziehe. als er fertig ist, bereden wir die fraglichen stellen im manuskript. eigentlich hatte ich mir das ja ein bißchen anders vorgestellt, denke ich, als er sich im wesentlichen darauf beschränkt, einige sachliche details, die seine person betreffen, richtigzustellen. bin eigentlich viel gespannter gewesen, was er inhaltlich zu meinem bericht sagen würde. aber so wie die lage derzeit ist, habe ich auch keine große lust, nachzufragen.
"sag mal was zu der geschichte insgesamt," bitte ich immerhin.
"am schluß vom dritten kapitel hört sich das so an, als hätte ich dich ganz abgeschrieben," meint er. "so stimmt das ja auch nicht."
"was stimmt, was soll ich da schreiben ?" will ich wissen.
daß er mich jedenfalls nicht 'aus seiner liste gestrichen' hätte, sagt er, und überhaupt wolle er auch sexualität gar nicht so rigoros ausschließen. nur gestern sei's wirklich ganz unmöglich gewesen. auch weil ich so gedrängelt hätte. aber heute morgen hätte er schon lust gehabt, aber hätte sich schon gar nicht mehr getraut.

"herrje !" mir kommt ein halb lachendes aufstöhnen. "warum ist das bloß alles immer so entsetzlich schwierig !?" und endlich haben wir für ein kurzes weilchen wieder mal ein grinsen für einander.

"und was machen wir jetzt ?" seufzt gerd, als ich die geschichte beiseite lege.
"ich kann dir die karten legen. soll ich?"
"ja, mach mal."
ich lege die karten vor ihm aus.
"bei den letzten vier kannst du eine spezielle frage stellen," fordere ich ihn auf.
"erlebe ich heute noch ein abenteuer ?" will er wissen.
also tatsächlich ? was heißt das denn nun ? ist das nun ein angebot aus der kategorie 2 - unverbindlicher sex - oder was ? sehr abenteuerlich sieht er allerdings nicht aus, wie er da auf meinem bett hängt. will er, daß ich ihn anmache ? will ich das jetzt ? weiß nicht. seine bloße gegenwart peppt mich ganz schön auf, immer wieder. aber sex an der oberfläche will ich nicht, kann ich sowieso nicht. schon gar nicht bei ihm: da kann ich meine seele nicht mehr aus dem spiel halten. wir zwei haben um einen höheren einsatz gewettet, mein lieber. aber eigentlich glaube ich das auch nicht, daß e r das noch könnte: mich wieder zurückbugsieren aufs telefonanie-niveau.

also was will er nun ? quatsch: was will i c h

denn ? fühle mich ganz wohl mit mir im moment. ich werde ihm ein abenteuer anbieten, beschließe ich. seine karten stehen nicht gerade günstig dafür: der mann im roten mantel, durchbohrt von den zehn schwertern, liegt zuoberst. die karte für leid und tränen. siehste, loslassen und trauern können, sterben lernen ! denke ich. trotzdem, ich versuch's.

ich lege eine platte auf. kräftiger jazzrock. drehe die lautsprecher hoch. power ! ich hocke mich wieder zu ihm auf die matratze, fische aus den augenwinkeln nach seinem blick, während ich die karten vom bett zusammenräume. er grinst. liegt da und grinst. ich freue mich. schau ihn immer wieder an und grinse zurück. lehne mich zu ihm hinüber und gebe ihm einen federleichten kuß auf den mund. rücke zu ihm ran, rücke von ihm weg, komme wieder und gebe ihm noch einen kuß.

hm. ich glaube, da kann ich noch zwei stunden um ihn herumtanzen und der liegt immer noch da und grinst.
"du siehst nicht grad abenteuerlustig aus," gebe ich feed-back. "wonach is'n dir ?"
"ich überlege immer wieder, ob ich nicht vielleicht doch fahren soll... "
"ich glaub, wir können noch stundenlang so weitermachen, immer zwischen kommen und gehen," sage ich, "aber dazu hab ich keine lust. ich fänd's schön, wenn du ein stück näher kämst.

aber wenn du fahren willst, ist das auch o.k., ich werd dir deswegen nicht ewig grollen."
er schaut mich an.
"ich schaff's nicht, wirklich hier zu sein," und schaut schnell wieder weg.
"dann fahr doch lieber und komm ein andermal wieder."
"ja," sagt er, steht auf und geht seine sachen zusammenpacken, "dann fahre ich wohl."

dann steht er mitten im zimmer. ich stehe auf und wir umarmen uns. ganz weich. ganz nah plötzlich, kopf an kopf, ein paar atemzüge lang. dann unsere gesichter nah voreinander, und in seinen augen eine spur jener weichen traurigkeit, die ich von damals kenne. in diesen zwei minuten, wie wir da stehen und abschied nehmen voneinander, geraten wir endlich in berührung miteinander, selbst durch den raschelnden nylon-stoff seiner regenjacke hindurch. in diesem kurzen moment, wie wir aneinanderlehnen, einer am anderen, erkenne ich ihn wieder, weiß ich wieder, warum ich diesen komischen vogel gerd so verdammt gerne habe.

"was steht da ?" fragt er und schaut hinüber zu der wand, auf deren tapete ich seit einiger zeit an wilden tagen mit dickem filzstift die großen erkenntnisse niederschreibe: "'weggehen um anzukommen' ?"
"ja," sage ich und nehme mir einen vorsichtigen abschiedskuß von seinen schönen lippen.

"tschüß du. bis irgendwann."
"mir tut's nicht leid, daß ich hier war," sagt er, "auch wenn's so kurz geraten ist. ich muß jetzt erstmal verdauen."
"mir tut's auch nicht leid."
wir lassen uns los.
"sei nicht traurig," sagt er im hinausgehen.
"doch. das muß sein. das geht vorbei."

ich schließe die tür hinter ihm. dann gehe ich zurück ins zimmer und lege mich aufs bett. und weine. langsam löst sich die spannung im hals. ich lasse an tönen kommen was da will. langgezogenes klagen quillt da heraus, wird länger und lauter. ich halte den strom nicht auf. wie damals klingt das, als ich zum ersten mal hörte, daß die trauer ein lied ist. damals: als heike fortging. seitdem habe ich aufgehört mich zu fragen, was wohl die nachbarn denken, wenn sie mich hören.

ich tauche ein in dieses lied, lasse es mich bewegen. es dreht mich mit dem gesicht zur tür, läßt mich die arme heben und ausstrecken, weit: - komm doch ! gefühle und bilder und farben schwemmen durch mein hirn, und ich stelle mit verwunderung fest, daß ich plötzlich goldene arme bekommen habe.

am nächsten tag erzählt mir ein bekannter, was er gerade in einem meditationskurs über die chakras gelernt hat: daß jedem dieser sieben energie-zentren im körper eine bestimmte *farbe zugeordnet werde. die herz-energie habe die farbe gelb oder gold.*

ich erinnere mich, daß ich damals, als ich von meinem ersten besuch in braunschweig zurückkam, in der stadt herumgelaufen bin um einkäufe zu machen und plötzlich von dem gedanken regelrecht 'heimgesucht' wurde, mir goldene ohrringe kaufen zu wollen - was mich damals ebenso sehr verwundert hat wie jetzt die vision meiner vergoldeten arme. denn ich habe mein lebtag lang immer nur silbernen schmuck getragen. eigentlich habe ich immer gedacht, daß ich gold nicht mag. ich werde mich umgewöhnen müssen.

***

"ich habe das gefühl, daß da noch was fehlt," sagt marion, als sie mir das manuskript zurückgibt.
"an dieser stelle kannst du weder mit der gelebten noch mit der geschriebenen geschichte aufhören," schreibt mir hans-curt.
"irgendwann muß das buch ja mal fertig werden !" stöhne ich.
"wann ist so'ne geschichte schon je 'zuende' ?" unterstützt mich ursel.

nix ist zuende. und vieles fehlt. und ich geh weiter. ob mit gerd oder hanno oder sonstwem. ob mit mann oder frau. ob über kurz oder lang. ob geradeaus oder auf umwegen. und ende offen. punkt.

Dornröschen nimmt die Heckenschere

Märchenhaftes
von 30 Autorinnen
hrg. v. B. Heidebrecht
165 Seiten, zahlr. Abb.
14,80 Mark
verlag kleine schritte
ISBN 3-923261-06-3

TAROT

— spiegel deiner
möglichkeiten —
eine einführung in die
anwendung und deutung
der tarot-karten
128 seiten, 78 abb.
13 mark
verlag kleine schritte
ISBN 3-923261-05-5